ちくま文庫

杉浦日向子ベスト・エッセイ

杉浦日向子

筑摩書房

目次

「杉浦日向子の日常噴飯」より

参 浮世漫遊記

四　若隠居の心意気

伍 いのちの読書

終

＊

章扉写真　飯村昭彦

デザイン　クラフト・エヴィング商會

（吉田浩美・吉田篤弘）

杉浦日向子ベスト・エッセイ

私の憧れ

この次生まれて来るなら、若旦那、そう、決めているのです。

若旦那とは、現在いうところの、若社長とか、そんなんじゃ、ないんです。落語の「干物箱」やら「六尺棒」やら「湯屋番」やらの、あの、若旦那なんですね。で、この次はソレと決めた訳ですが、とりあえず今はどんな余生を暮らそうかというに、迷わず若隠居がヨイです。

若隠居のお手本としましては、滝亭鯉丈作『花暦八笑人』の左次さんです。必殺遊び人左次さん、好きです。

何屋の某が惣領に、甚六ならで左次郎とて生まれついての呑太郎、年中続く夕べけに(昨夜の遊び疲れが残っている状態)、受くる家業もうるさしと、弟右之助に相続さ

せ、おのれは隠居の身となりて、心のままに不忍の、池のほとりに寓居、同気もとむる呑み会所。

――ペンペン、てんで、いいじゃあ、ありませんか。

この本は、最近、岩波文庫で再版されまして、手ごろなので、ゼヒ読んで下さい。おッかしいです。

世の中の何の役にも立っていない連中が七人、池之端の左次さん家へ集まって、しょーもない相談をして、益にもならない茶番に命をかける、というような話で、全篇これ、無意味の嵐、カラッとさわやか、スラップスティックであります。キートンもいいですけど、八笑人もナカナカです。

ともあれ、役に立ってないんだけれど、妙に存在感があって、不思議と人の集まる、そんなふうなところが、良いな、と思います。

自身の予定としましては、三十六歳まで、キンベンに働き、あとは野となれ、山となれと、かように考えておるのです。

が、思っておる、というだけでありまして、いうなれば、夢、なんですよ、これが。そういう事にしとかないと「世の役にも立たぬ人間が、おもしろおかしく暮らせると思っているのか、タワケ者めッ」なぁんて、親の鉄拳が飛んできちゃいますから。

私は、本気で、ちゃんとしたくないです。マジに、フワフワしていたいです。

「おいらァ棟梁（とうりょう）にだけァなりたくねぇからこうやって昼間っから酒ェくらってんでェ」という落語のセリフがありますが、「先生とだけァ呼ばれたくねえ」とか「人の上にだけァ立ちたくねえ」とか、プライドたっぷりに、言ってみたいと、思うのです。

（一九八五・三「月刊カドカワ」）

壱 元気な若旦那

「お江戸珍奇」より

変生

昔の話は、なにやら、えたいの知れない、おかしなモノがたくさんあります。

中には教訓じみていて、こういう事をしてはいけないとか、因果応報であるとかを説くようになっていて、ちょっと、がっかりすることもあります。

そういう、抹香臭い話は、極力避けて、エネルギッシュな江戸の猟奇を楽しみたいと思います。

そうですね、まず、第一回目の口明けですから、「変生」なんぞをとりあげてみましょうか。

市井の雑事を書きとめた書物の中に「変生男子之事」あるいは「変生女子之事」といった記事がしばしば見うけられます。

「変生男子」は生れた時女だったのに、ふいに男になってしまったというもので、

「変生女子」はその反対です。

比率は四対一で、圧倒的に「変生男子」が多く記されています。

これには訳（わけ）アリで、女は陰のモノであるから、陰より陽（すなわち男）に転ずるは、吉兆（きっちょう）として喜ばれたからであります。

このごろは、人工の変生女子が行なわれているようですが、その逆の場合は難物のようです。

さて、各々（おのおの）具体例をあげてみますと、わりと近い時代、安政二年（一八五五年）に「変生男子」の記事があります。

おさとという娘が、十五歳の時体に変調をきたし、にわかに男となってしまい、里次郎と改名し、その由を役所に届け出たといいます。

「……陰門だんだんととじ、男根発し其外相形語とも男子にまぎれ無之（これなく）……」

と、ありますから、何から何までゴリッパに男となった訳です。

「変生女子」の方は、ぐっと年代が古くなり、慶長年間（一六〇〇年頃）若僧が女になった事が記されています。

「……腹痛甚（はなはだ）しく朝に及び、男根没入して女子となる（中略）妻となり、子を産み

しと……」

こちらもまた、ゴリッパに女となったとみえます。

はたして、こんな事ってあるのでしょうか。へえーえ、ふしぎな事もあればあるもの、で、やめときゃ良いものを、そこがソレ、渉猟癖（しょうりょうへき）が、うずきまして、あれこれセンサクをしてしまうのです。

第二次大戦中に出版された、田中香涯先生の著書『医事雑考』の中に、お手並鮮やかに、解答されてありましたので、ここに種あかしをいたします。

まず、「変生男子」は「男性偽半陰陽者」ではないかとの事です。

さて、この「男性偽半陰陽者」とは、何ぞや、これは男性でありながら、外陰の形態が女性の外観を呈するものであるといいます。一体、どのように「女性の外観を呈」しているのか、懇切丁寧に解説されてあるので、そのアジワイをそこなわぬ為、原文を抜粋します。

「……陰茎の発育が悪く、且（か）つ尿道下破裂を伴うがため、それが恰（あたか）も陰核の如くに見え、また左右の陰嚢の癒合しないがため大陰唇の如き状を呈し、その間には粘膜皺壁を有する陥没が存するので、それが恰も膣のように見え、また睾丸は鼠蹊管或は腹腔内に留存することがあるので、此の如き男児は分娩の際女子と誤認せられ……」

いやーすごいことです。こうして女の子として育てられ、成人期をむかえて、突如ホルモンの分泌が始まるようになって、形態の正常化するところとなるのです。

つまり「変生男子」は、男性であって、女性として社会生活していた人が、男性である事に、自他ともに気付いたケースを指すのであります。

そして「変生女子」は、これまた「女性偽半陰陽者」であり、田中先生の冷徹で適確なる名文によれば、

「……陰核の発育が著大なるがため、恰も陰茎の如き観を呈し膣は殆ど閉鎖し、筋骨の発育が逞ましく、音声、行動、思想、感情等も男性的……」

とあり、中には、妻を娶(めと)って一生を終る者さえあったといいます。

じつに驚きではありませんか。

「変生」の、いまひとつの可能性として、ホルモンの作用で異性化する場合の事例があげられています。

つまり、卵巣に奇形腫瘍(しゅよう)が発生し、多量の男性ホルモンを分泌した場合、又、副腎皮質の異常により、異性ホルモンの分泌過多となる場合、それによって、外観の異性化を呈するものであります。

この場合、女性は、声がわりをし、毛深く逞ましくなり、月経が止まり、男性は乳房が大きくなり、肌のきめが細かになるといいます。

が、生殖器の形態の変化については、多くは本来のままであり、ごく稀に、女子の陰核が肥大して十歳か十二歳位の男子の陰茎に匹敵する程の大きさに達するもの、又、男子で、睾丸陰茎が萎縮し、乳房より、乳汁を分泌するようになるもの等もあるそうです。

（「JUNE」）

ポルノ

日本人は好色です。それは日本の精神風土が長いこと性に対して積極的かつ開放的であった為です。

幕末に来日した外国人は例外なく「この国には性のモラルが欠落している」と嘆いたそうですが、大きな思い違いです。外国と日本のモラロジーの差異であって、自国の道徳観念で他国を批評してはイケマセン。

現代は、近代の欧化政策と、敗戦後のＧＨＱの洗脳の、二段責めにより、そのギャップは少なくなりました。結果、日本人は古来より好色であり続けている訳ですがモラルの変換により、オノズと、近代と前近代の好色の質に、大幅な変化が生じたのであります。

男女交接図というのは、三万年前、旧石器時代に人類が初めて絵を描く技術を身につけた時からの画題です。

生命体としての義務は、種の存続なのですから、その辺を重視したのは正しいあり方といえます。交接が、あからさまであるべきではないもの、としたのは宗教なんでしょうか。わかりません。

日本は、統一的宗教が不在で、なにせ八百万（やおよろず）も神サンが居たくらいですから、逆に、無宗教的な国柄であった訳です。ですから、ポルノに関しては、三万年前の大らかさがそのまま継承された稀有な国といえます。

儒教神学や仏教も存在しましたが、生活を支配するまでの影響力はなかったようで、日本人は実に上手に文化を扱っていたなぁと感心してしまいます。つまり、ホンネとタテマエの上で、生物的な安定を大切にしてきたのです。その絶妙なバランス感覚には拍手パチパチであります。

そういった訳で、拘束されずにはぐくまれたので、西洋の、宗教に干渉されてしまったポルノとは違ってアタリマエといえます。

どう違うかというと、まず、絶対的にアッカルイのです。交接は子孫繁栄につながるので、メデタイ。陰ではなく陽、負ではなく正、常（つね）に強いものであり続けたのです。

鎌倉期の戦乱から江戸末期まで淫画（交接図）は具足びつ（よろい入れ）にお守りとして必ず入れられましたし、それは日清日露の時までも「勝ち絵」としてザックにつめ込まれました。淫画と女性の恥毛を身につけていれば、敵の矢弾にあたらぬと申したそうです。商家では、淫画を蔵に入れておくと、火除け、魔除けになると信じられました。

交接は、基本的に明るいものです。売淫を「売笑」といい、淫画を「笑い絵」「笑い本」というのもそのせいです。

実現不可能のようなアクロバット的体位や、巨大陽物などは充分コミカルです。幕末には、嗜虐的なドロドロしたものも描かれましたが、主流はやはり「笑い絵」なのです。

笑い本のケッサクに、勝川春章（屈指の浮世絵師）の「百慕々語」があります。いうまでもなく、怪談「百物語」のパロディで、化物が全て性器で構成されているのです。たとえば、ばんしうまらやしき（播州皿屋敷のシャレ）では、井戸から身を乗り出した女性器の幽霊が「ひとつ、ふたつ」と男性器の本数を勘定し、やまらのおろち（八岐の大蛇）では、逆巻く黒雲の中から八亀頭の怪物がイヤダ姫（稲田姫）に迫る。そのイヤダ姫が、片手に張形（陰茎のレプリカ）を持ち、袖で顔を隠しているのがおかしい。その他、ろくろっつび（ろくろっ首。つびは女陰の事）や、ぶんぶく小まら（文福茶釜）などなど、ページを繰る度、爆笑必至の文字通り笑い本であります。人物や背景が達筆な写実画で、チットモおどけた画面でないだけに、仰々しい性器の化物との落差が、パニック寸前のオカシサなのです。書き入れの台詞も軽妙洒脱で、カラッとした、ふしぎな清潔感さえ漂います。

それはまぁ、一流の絵師のなせる業で、淫画には胸の悪くなるようなモノもたくさんあります。浮世絵も淫画も芸術ではなくて（ゲージツなんざ、でえっきれえだ）キッチュなモノだから、それで、いーんですよ。淫画は「ゲージツかワイセツか？」とかいう論議はナンセンス。ワイセツけっこう。

現在市販されている浮世絵の淫画集の前書きには、必ず「淫画の芸術性」について述べられています。そうゆう事を書かざるを得ない現状もなげかわしいが（なぜなら現在はモラルが変わり交接図なんて売る側も買う側も後ろめたい。ゲージツのお面は、学生運動のマスクやサングラスと同じだ）パッとページを開くと、銀色やら墨やらが、キタナゲにかぶさっている。こんなんじゃワイセツですらない。スケベの不自由なワイセツなんて、これ程情ない姿ってあるだろうか。

歌麿や北斎が見たら「日本人はなんてえ、いやらしくなっちまったんだ！」と言うにきまってます。スケベからイヤラシクなってしまった訳です。スケベは生産的で明るく、生活の活力です。イヤラシは非生産的で暗く、趣味の世界です。

日本のポルノは、正の時代から負の時代となったのであります。これを「退行」というべきか「文明」というべきか……

（「JUNE」）

かげま

先日、久々に電車へ乗ったら、（いつもはタクシーかハイヤーかという訳ぢゃないのです。外出そのものが久しぶりだったのです。私はソートーの出不精——デブ性と茶化してはイケマセン——なので、場合によっちゃひと月家から一歩も出ないてなこともあります。また長いカッコ内文章をやってしまいました）週刊誌の中吊り広告に「ホスト・クラブのアルバイトで華麗な学生生活をおくるT大・K大生」てな見出しがあり、その当人たちの写真が目の部分黒テープ貼りで印刷されていました。キャプションに「有閑マダム相手に月収三百万円‼」ウムム……。

江戸の頃、これに似た商売に、「陰間茶屋」というのがありましたっけ。今回はそのお話をいたしませう。こちらはマダム専用というのではなくて、ムッシュウのお相手もしました。

江戸の地図でいうと、芳町・堺町・葺屋町という「芝居町」に多く、寺社の門前町にも点在しています。

それは、なぜかというに（ご存じの方多いですよネ）歌舞伎の役者さんが副業としてこんなことをやっていたからなのです。寺社地に多いのは、お坊さんの需要の為というよりは、遊興地が聖地と隣接しているのが我が国では一般的であったからです。つまり、みんな〝お詣（まい）り〟にかこつけて遊びに行くのですね。

さて、ここで働いていたコは、十三歳から十五、六歳の変声期前の若衆でした。花の盛りが短いということもあってか、ここでの「遊び」は、遊女屋のソレよりも高価でした。

たとえば、江戸中期の吉原で、一番格の高い遊女は「昼三（ちゅうさん）」といって、丸一日の玉代が一両二分（十二万弱）、半日で三分でした。この他に、チップや食事代、もろもろの経費が加算され、最終的にはひとケタ違ってきます。

芳町で一番売れッ子の若衆は、一切（ひときり）で三分だったと言います。

この一切というのは、線香一本燃え尽きる間のことを言うのですが、深川などの岡場所（官許吉原に対して、無許可で営業している私娼）でも、芸者を売る時に、この単位が用いられました。

線香は、仏用の七寸のもので、これは四十分～五十分間灯っています。実際に、芸者や若衆の名札をつけた台の上に、これを一本立てて時間を計りました。ズルイところでは、客の見ていない時にポキリと折ってしまったり、燃えるのが早い特別製のものを使ったりしたそうですが、今みたいにお客ひとりひとりが時計を持っている訳ではなかったので「ヤレヤレ嬉しやと思う時は、時間の経つのが早いものだ」とかなんとかで済んでしまったようです。

線香の説明が長くなりましたが、つまり吉原では半日で六万円のところを芳町では四十五分（あるいは三十分ぐらいにゴマカされていたかも知れない）で六万円でした。芳町とて経費は同じ位かかりますから、庶民には手の届かぬ存在といえます。

かれら男娼は「かげま」と呼ばれていましたが、かげまには「舞台子」と「陰子」の二種類がありました。

舞台子というのは、舞台に立つ役者のことで、陰子は、まったく舞台には立たないコです。

舞台子のほうが値も高く、人気もあったのは言うまでもありませんが、陰子とて三味もひけば唄も唄う、舞だって所望されればひととおりは舞えました。そんなふうに親方（抱え主）からは仕込まれていました。ですから、その道の玄人は、舞台子は、役者として出世してしまえば、昔馴染んだ客など見返りもしないが、陰子のほうは、情があって客につくすからかわいいと言っていました。

ともあれ、当時の女形は、少年時代に例外なくこういった体験を持っていたのです。江戸期第一の女形と称される初代瀬川菊之丞は、大坂道頓堀の色子あがりだったといいます。

色子は陰子と同様で、舞台で芸をしないコです。稀にその他大勢の腰元や遊女の頭数合わせにかり出されることもありましたが、セリフはもとより役名さえなかったものです。

菊之丞は、特別なコネがあったのか色子から若女形としてデビューしました。十六歳の時です。

しかし彼は、容姿顔貌は十人並で声はしゃがれて低かったといいます。そんなハンディで、パッとせず、二十五歳の時、彼は舞台を降り、源右衛門という男のもとへ身を託すのです。

菊之丞は京都に源右衛門と世帯を持ち、つつましい商人の妻として生活をしました。その後源右衛門とどういういきさつがあったのかはわかりませんが、三年たったある日のこと、菊之丞は突如として舞台へ返り咲きました。

その時の菊之丞は、かつての地味な若女形の面影はミジンもなくこぼれるばかりの色気と自信に輝くあでやかな大輪の華と変身していたそうです。菊之丞二十八歳。三年間の「妻」のくらしが、彼の中の何かを目覚めさせたのでしょう。興味深いエピソードです。

（「JUNE」）

人擬（ひともどき）

シュワちゃん（A・シュワルツネッガー）が口のまわりをベロベロする缶コーヒーのCFは「サイアクッ」と大評判でしたが、私はアレでシュワちゃんが好きになりました。友人らに言わせると「ほとんど人間とは思われない」んだそうですが、そんなことないよッマイ・ハニー、んもー、ふびんな奴、かあいいよう。来日時のインタビューに答える様子、ほんと、いとしいわ。『プレデター』観に行かなくっちゃ。うふ♡

えーと、今回は「人擬（ひともどき）」のお話です。「人擬」とは「人のようで人でないもの」（シュワちゃん、うっかり連想してゴメン）、つまり、何物かが人に化けている状態をいいます。

現代は化物のような人間の多い時代ですが、ムカシは人間のような化物がウヨウヨしてたんですねえ。一見人間の形をしているから、人間だと思って付き合ってたけれども、実は人間じゃなかったというのは、考えようによっては、出会ったその時から化物とわかる化物らしい格好をした化物よりも恐しいものであったかもしれません。

ムカシは、ありとあらゆるものが人間に化ける能力を持っていました。狐狸を筆頭とする四ツ足から鳥類、両生、爬虫類、虫、そして草木、岩石、器物にいたるまでですから、ちょっとの油断もできません。

こんな昔話があります。

——貧乏な夫婦があった。いくら働いても貧しかったので、男は、いっそのこと狼に喰われて死んでしまったほうがいいと思い、奥山の狼の巣穴の前に寝転んで待った。狼が出て来たので「どうか早く喰ってくれろ」と頼むと、狼は首を振って「お前は真人間だから不味(まず)くて喰われぬ。お前の女房ならば良かったが。去(い)ね」という。合点がいかずにマゴマゴしていると、狼が眉毛を一本抜いて男にくれた。

「その毛筋をかざして人間を見ろ。去ね」と言うので、それを持って家に帰った。男が狼の眉毛をかざして妻を見ると、太古雌鶏(おおふるとり)だったので驚いて家を逃げ出した。町の入口へ立って、狼の眉毛をかざして往来の人々を見ていると、体は人間でも犬の顔や猫や鶏や鼠や鳥や狐だの鹿だの全てそんな畜生の類だった。男は、世の中に真人間の少ないのに驚き呆れた。やがて、夕暮れになったころ、麻布を背負ったみすぼらしい女が通りかかった。男は、やっと真人間の形の人を見付けたので、その女の後からついて行った。こうして二人は夫婦になって幸せに暮した。

この男が住んでいたのは人擬（ひともどき）の町だったのです。

狼の眉毛が人擬を見破るのに有効だということですが、その狼にしても人語を操るほどの年経た賢いものでなくてはならず、そうした狼の眉毛を入手するのはタイヘン困難な事です。

そこで、一般には、人擬、と真人間を見分けるために、こんな目安がありました。

○狐の化けた人間には手首のクロコブシがない。
○信太（しのだ）の森付近では、狐が女に化ける時、必ず藍染の着物を着る。
○闇夜でも着物の柄がはっきり見えるのは怪しい。
○能登地方の河獺（かわうそ）は、碁盤縞の着物を着た子供にばける。
○江戸本所の河獺が女に化ける時、後向きで手ぬぐいをかぶっている。
○足音がふつうでない。ペチャペチャとかクチャクチャとか聞こえる。

これらは外見や行動から見分ける例ですが、この他に、畜類の言葉はどこか変だとも言います。たとえば、「誰だ?」と問うた時に人ならば「オラや」とか「○○兵衛だ」と答えるのに、彼らは「オラ」の発音ができず、また、決して名乗らないそうです。その答え方には、それぞれの特徴があります。

○加賀の小松近郷に住むガメという水中の化物は「ウワヤ」と答える。
○能登の河獺は「アラヤ」と答える。
○美濃の狸は「オネダ」（オレだ）と答える。
○土佐の狸は「ウラジャガ」（オラじゃが）と答える。

なんだか、これだけだと、ナマリのある他の地方の旅人も化物の仲間にされかねないですし、また数百年以上を経た器物、木石、妖獣にもなると、流暢（りゅうちょう）な人語を使うと言いますから、まったくお手上げです。

そのうえに、こうした「人に化けたもの」の他に、「もと人であったもの」、つまり、亡者までが生ける人のようにウロウロすることもありました。幽霊に足が無くなったのは、俗説によれば円山（まるやま）応挙の発案で、江戸後半期からであり、それ以前は足もあれば姿もハッキリとしていたそうですから生きている人との区別もむずかしかったでしょう。

ムカシ、夕暮れ時に行き会う人々が、大きな声で、「お晩でございます」とあいさつをし、持っている提灯を顔近くまであげる仕草をするのは、自分が化物でないことの証明だったと言います。

（「ＪＵＮＥ」）

大奥

さて大奥です。

大奥には三千名の独身女性がおりました。この数は、ルイ十六世の後宮の美女四千名と比較されたりなどして、世界史でも指折りのハーレムのひとつのようなイメージがありますが、実際の大奥はハーレムどころか、土井たか子さんとサッチャーさんの王国に女子大がくっ付いたような所でした。

大奥三千人の内、五百人が正規職員で、いわば、丸の内のキャリア・ウーマン、その他の二千五百人が女子大生（つまり結婚前の修養課程として大奥へ来ている腰掛け組。正規職員は終身奉公で、一生涯独身で職務につくことになっている）でした。

女の園と言っても、殿方が羨むような甘いムードはあまり感じられませんでした。大奥へ入る時の将軍は、単一民族の島国へ漂着したガイジンのような心持ちであったろうと思われます。

そもそも江戸城は将軍の家のわけですが、自分の家だからといって、どこでも自由に行けるものではなく、隣室へ行くにも責任者へ事前通達がなければ勝手に廊下も歩けません。ましてや、出入に厳しい検問のある大奥などは、気づまりです。将軍が奥に入る日は、忌日（いみび）（先祖の命日等）を除いた平日で、それは月の内の半分に過ぎません。それも、公務の忙しい時には行きませんから、月に十日前後というのが普通だったようです。

将軍が普段くつろいでいる場所は中奥（なかおく）という所で、ここは男の家臣ばかりです。この近習達は、将軍が子供の頃から（スナワチ、将軍として江戸城へ入る前の生家に居る頃から）一日の大半を共に暮した内親よりも近い間柄の者ばかりで、ちょっとした目の合図で何もかもソレと察する、自分の身体の一部のような家臣でした。

奥へ入る時には、入口でこの家臣達と離ればなれにならなくてはなりません。替りに、五十歳前後の尼姿の御坊主という役人が、奥での唯一の将軍の部下として付きますが、母親のようなオバサン、しかも坊さん姿ですから、あまり有難くはないでしょう。大奥のその他の職員は、奥方、あるいは御老女（お局（つぼね）と呼ばれる最高管理職の人。別に年寄りではない）の部下ですから、将軍の意のままにはなりません。

そして、奥へ来た将軍にとっての最大無二の任務、一儀の場も、やはり、奥方と御老女の采配の下に展開されます。

大奥で将軍のお相手をする「当番」のお中﨟（上級職員）は常時三人から五人。彼女らは出産能力があり、奥方や御老女にも気に入られている職員であり、将軍個人の好みは、だいたいにおいて考慮されません。御老女から「当番」を命じられたお中﨟は、将軍と寝具を供にするのですが、その左右には非番のお中﨟と、先のお坊主が御添寝をして、その夜の経過を見守ります。更に次の間には寝ずの番のお小姓（奥なのでもちろん女）が三人、まんじりともせずにひかえています。彼らには、翌朝今宵の一部始終を御老女に報告する責務があるのです。こうした衆目注視の中で一儀は行われます。一儀の日時さえも将軍の気分とは関係なく表（つまり男性方の重役連）と奥（つまり奥方と御老女）で「ほいじゃ今日は行ってらっしゃい」「そんなら、まぁ、おいでなさい」と、キャッチボールのようにほうり込まれるのであって、ほうりこまれたら最後、ぜひにも一儀は取り行われなければならなかったものでした。こんなハーレムが楽しいでしょうか。

十五代の将軍の中で、空前絶後と言われた家斉公は二十一人にお手を付けたそうですが、それも常時二十一人が勤務していた事はなく、それぞれ引きつぎがあるので常勤当番は五人程度だったようです。少し淋しいですね。

大奥に限らず、諸大名の奥向（大奥と言えば江戸城のこと。他の諸侯のは奥向と呼んで区別した）の正規職員は家臣の娘から採用する事になっています。当時としても終身奉公といえば特異なことでしたから、奥に志願する娘は、それなりの事情（婚期を逸して他に行くあてもない、離縁されたが実家へは帰りたくない、家が破産寸前で自分が頑張るしかない等）がありました。彼女達は、少しでも上の地位に出世して高給取りとなって、自らの持つマイナス要因を解消せんと仕事一途にバリバリと働きました。

お坊チャマ育ちが多かった表の管理職の面々とは、このように意気込みからして違いましたから、最高管理職の御老女ともなると、老中なんぞをハナからガキ扱いにしたそうです。将軍でさえ、奥にいる時にふと縁側へ出て、むこうに御老女の姿があると、そっと座敷へ戻って座り直したといいます。

幕府の財政苦の一因は大奥にあると言われます。三千人からの女達が日夜ケンランに着かざるのですから、その経費はバカになりません。金喰い虫を何とかしたいと老中が節約を求めると「私達は一生不犯の御奉公で、人間の大欲を抛棄してるのだ。そんな者から着ているものまで奪うのか」と山賊呼ばわりされて追い返されてしまうということです。

（「JUNE」）

「杉浦日向子の日常噴飯」より

時代考証はカルシウム

今朝は目が覚めた時から、すごくマジメで、ムムムとうなってしまいました。目覚めよテレビ時代劇‼（24ポの太ゴチ……のつもり）てえわけで、テレビ時代劇についてフンパンします。とか申すと「ハハーン、ジダイコーショーてなヤツだな」と鼻白んでしまう人は多いと思います。

「時代考証」という肩書きには、ヒジョーにゴカイがあるようです。あのマゲはヘンだ、セリフがなっとらん、あれは違う、これも違うとアゲアシとって、脚本家やスタッフに嫌がられる頭コチコチ野郎だろうがと思ってやしませんか。

「ゴラク物に時代考証なんて、ナンセンスだ。第一、当時そのままなら、手振り歩行もできないし、江戸時代語を再現したところで、視聴者に通じやしない」、識者に限って、こーんなことをおっしゃって、あたかも、時代考証を、フィクションの翼をモギ取る悪者扱いにするのです。

ゴカイです。とんでもないゴカイです。はっきり言って、製作側が、そう思っているとしたら、時代劇はもうオシマイです。

映画やテレビの草創期には、時代考証に対し、ジッニ積極的な動きがありました。溝口健二監督の諸作品であるとか、NHKの初期大河ドラマとかがそうでした。ことに溝口監督の「大忠臣蔵」における、実物大の松の廊下なんて伝説的なセットであります。

それらが、なぜ、そういう「こだわり」方をしたのかといえば、造形の、映像の、作品のテーマの、パワーアップの為にほかなりません。決して、懐古的美の再現なんぞというナヨッとしたもんではナイのです。

「考証」というのは、完璧なテキストさえあれば、どの作品にも適用するという通り一遍のモノではなく、作品ごとに、調整され、補強されるべきものであり、チョンマゲがとか言葉づかいがとか言う次元のゴチョゴチョだけではナイのです。（もちろん細部のディテールの積み重ねこそ大切なのですが「重箱の隅をうんぬん」と斥けられるのは真ッ平だし、まずは根本のところをわかってホシイ）

今の時代劇は元気がない。それは、この辺りが忘れられているからであります。テレビ時代劇は、ほとんど映画会社が作っている「外注もの」です。大量の「時代劇」をこなしている映画会社には、ツーカーのチームワークによる約束事ができあっています。一定水準のものを短期間で製作するには、その合理性と職人芸は不可欠のものです。ところが一方においては「永い間の時代劇の製作に狎れすぎて、考証に関する限り、清新さや情熱を忘れ、惰性で製作している」（林美一著『時代風俗考証事典』より。これは名著です。ゼヒ一読をオススメしたい）という事になってしまった訳であります。「ものをつくる」ことになれてはいかん、と思うのです。

常に新しい発見、未知の世界を知って行く強い好奇心が肝心です。

製作者側が、ワクワクしながら作ったものは、必ずその「ワクワク」が視聴者側にも伝わるはずです。

前からコウだったからとか、コウしておけば無難だからというのは、タブーです。溝口監督のソレであるとか、NHKの初期のアレが、時代劇として望ましいてんじゃないんです。ええ、なんというか、あまりタノシイ作品ではなかったように思います。が、画面から匂ってくる迫力、マニファクチャーの情念みたいなものは、今となって、すごく面白く感じます。なにより丈夫でたくましい点が好もしく思います。

四月十日の番組改編のたびに、新時代劇が登場し、そして半年あるいは、三月で消えて行く。それでもまた次の改編の時には、必ず時代ものがコリもせずに顔を出す。結局、みんな、どこか好きなんですよね、チャンバラ。

若い視聴者をつかまえようてんで、郷ひろみがコワモテの女形やったりして、こんどは風間杜夫が医者になってアバレルそうですが、ポシャらないとヨイですね。

最近の、時代劇の新番組がナカナカ定着しないのは、最近の学童が、小魚を嫌って肉食中心の為、カルシウムが不足して、転んだだけで骨折するのと同じです。(我ながらすごい論旨だ。勢いに乗じ言ってしまえば)

時代考証はカルシウムである‼

丈夫で長持ちする番組にするには、コレですよ。長寿番組の「黄門」だの「必殺」だののヨイところをマネて、そこそこの視聴率をとろうなんて、ムシが良すぎますよ。お肉ばかりじゃありませんか。

次回パートⅡ、ますます時代劇の核心に迫ります。一カ月間、刮目して待て‼

(一九八四・十一「第三文明」)

本格オモシロ時代劇が見たい

さて、一カ月間、刮目して待っていましたか。目薬でもさして下さいね。パートⅡでありますぞ。何の話だ。エイ、テレビ時代劇にフンパンするのであった。「面白ければイイ」というのは、製作者も、視聴者も、よく言うセリフです。私だって言ってしまいますよ「面白けりゃあいいよ」と。

この、オモシロイ、というコトが、ナカナカのクセ者なのです。オモシロイ。大きくわけて二つあります。即ち「本格オモシロ」と「変格オモシロ」です。「本格」は、文字どおり素直に「あー、オモシロかった。ヨカッタ」というヤツです。「変格」は、いわば知的ゲーム型オモシロガリなのです。

あの「スチュワーデス物語」や「不良少女と呼ばれて」の、オモシロさです。特徴は「製作者側の意図したオモシロイ部分」と「視聴者の感じるオモシロイ部分」にズレがあることです。

クサイセリフ、現実から浮きあがった状況設定といった、うそっぽさの中に、ウズクようなオモシロさがある。コレなのです。今の時代劇は、皆この「変格オモシロ」です。

私、コレも好きです。が変格たるもの、本格あっての存在価値なのだから、本格がなければ、ショーモナイ。

テレビ時代劇に「本格オモシロ」がぜんぜんナイ‼のです。

なぜか。傾向と対策をオモンパカルに「フィクションの解釈をマチガッテいる」と結論いたします。

時代劇は、史劇であれ、ゴラク劇であれ、現代人がカツラをかぶって、過去を演ずるのであるから、等しく「フィクション」です。

「フィクション」とは何か。

現代もののホームドラマやサスペンスの終りの字幕に出る「このドラマはフィクションであり、実在する人物、団体名と何ら関係はありません」というヤツであります。ところが、時代劇で、この字幕を見たことがありません。たとえば、水戸黄門、大岡越前、遠山金四郎なんていう実在の人物がドカドカ出て来る。けれど視聴者は、ハナから、本当の黄門さんと、テレビの黄門さんは、ベツモンだと了解して見ている。

「そんなこたァあたぼう」だからです。

ストーリーを点検してみましょう。ロッキードの時は、高官汚職の話、サラ金心中の多発した時は、悪質高利貸の話、エリマキトカゲだってウズマサ撮影所を走ったんだ、グリコ・森永だって、きっと、出る、「時代劇に見立てて現代を斬る」製作者側は、こんな事を言ってますが、安直にドラマのネタにしただけとしか思えなかったりします。これはフィクションじゃない、パロディだ。「この時代劇はパロディであり、実在の時代背景及び風俗言語等に何ら関係はありません」と表示すべきなのである!!

さてと「フィクション本格オモシロ時代劇」とは、どんなのか。「パロディ変格」が、フィクションの解釈のマチガイによる産物だとテイギしました。つまり、正しいフィクションの体現が「フィクション本格」なのであります。「フィクション・虚構は、リアリティ・実在性により成立する」(デカイ文字で出したいトコロ)「リアリティなくしてフィクションは成立しない」と言い切ってしまいます。

たとえばSFです。

SFも、当初からフィクションである点において、時代劇と対等です。プラモの宇宙船をテグスでつって撮影する。その場面が映る時、プラモやテグスを感じさせたら失敗なのです。つまり、あくまで、宇宙空間を飛ぶ宇宙船に見せようという努力が、そこに払われるわけであります。

その、特撮及び特殊美術が、時代劇においては考証に相当するのです‼（やっとここまでこぎつけた‼）

SFに「特撮・特殊美術」は欠かせないのに、なんで考証ヌキの時代劇はアタリマエなのだろう。

「エイリアン」がショックだったのは、宇宙船が、油まみれで汚れ、あたかも東名高速を地ひびきたてて走る輸送トラックのようなリアリティだったからです。リドリー・スコットは、だから、エライ。「ブレード・ランナー」も、未来都市のごちゃごちゃが、ヒドク、リアルでスゴかったです。荒唐無稽な「レイダース」がオモシロイのも、小道具やセットが限りなく本物っぽいからなのです。

SFでテグスが見えたら、お客がバカにする。これが活力です。視聴者が、まず、そういった事にコダワリ、文句をつける。製作者側が、それに応えようと努力する。製作者側もコレですよ。時代劇では何をやっても「ジダイゲキだから」とか言ってる。製作者側も「こんなもんだ」と思ってる。

「エイリアン」や「レイダース」のような時代劇、見たいじゃありませんか。視聴者よ、文句をつけよう‼

（一九八四・十二「第三文明」）

来たれ、コニシキ・シンドローム

マスコミってのは、ヒドイじゃありませんか。「肉塊」だの「化物」だの国民の敵のように書きたてて、あげくは「国技のコケン」だなんて、べらぼうめえ、にわか仕立ての攘夷志士じゃあるめえし、開国して百二十年にもなろうてえのに、今さらガイジンもあるもんか‼

という訳で、私は小錦が大好きです。申し遅れましたが、私は自他ともに認めるスモーファンです。蔵前通い十年のキャリアです。十年前は魁傑、三年前より「大乃国がどわいすきである」と宣言し、以来、貞節を守っております。——ので、大乃国は別格の「本尊」として、マ、置いといて、他に応援するオスモーサンは数人おり、小錦もそのひとりなのです。

小錦については、世間様もアリャコリャウンヌンと賑やかで、私ごときのウンヌンも笑止でありますが、やっぱり、ひとこと言ってみたいのです。

小錦は、いま、スモーファンの「踏み絵」になってます。

「小錦……困ったねえ」

と渋面をつくる人は、たいてい長年のファンで、晩酌と富士桜が大好きな、人の良いお父さんです。

「小錦……オモロイやんか」

と喜ぶ人は、プロレスもスモーも野球も好きで、川口浩も好きな、明るい社交家の親分肌です。

とはいえ、大半のスモーファンは、「一抹の不安」を隠せずにいます。

「スモーはこれから、どうなっちゃうんだろうか」

私は、断然、断固、絶対、オモシロイと思ってます。十年間で、ここ数場所が、イッチャン、オモシロイです。これは、まさに、ヌーベルバーグの到来です。スモーファンのお父さん。安心して下さい。決して、スモーはめちゃくちゃになんかなりません。エネルギッシュになるんですよお。

身長百八十七センチ、体重二百十五キロ、バスト百六十五センチ、ウエスト百六十五センチ、ヒップ百七十センチ、足三十五センチ、上腕周五十七センチ、太もも周八十七センチ、ふくらはぎ周六十一センチ、握力右九十キロ左八十七キロ、入門二年で幕内。

小錦はケタ違いのオスモーサンです。

私は、江戸相撲のスーパーアウトロー雷電を連想して、ドキドキワクワクしてるんです。

雷電為右衛門（らいでんためえもん）。身長百九十七センチ、体重百六十八・八キロ、二百五十四勝十敗、十四預り、二引分、五無勝負、通算三十二場所中、優勝二十七回、連勝四十四。

ああ、ライデン‼　名前だけでも熱くなります。あまりの強さに彼は「三手」を禁じられてしまった。その禁じ手とは、張り手、鉄砲、カンヌキ。いいなあッ、彼の肩に歯をたてたい‼　三手を禁じられても、なお強い、このケタ違い男、外部とは相当マサツがあったようです。最強無敵でありながら、ついに横綱を免許されなかったのです。（ええい、コソクな奴らはどこにもいる）

二百年の遺恨、いま、小錦が晴らすんじゃなかろうかなんて、胸が高鳴っているんですよ。なんたって、今年の初夏、私は某誌に「小錦は史上初のガイジン横綱となり、相撲協会は困惑するであろう」と大予言してしまったのですからにして。

横綱、大関陣を怒濤の突き押しで、バッタバッタとなぎ倒す小錦、これはやっぱり、ライデンですよ。あの熱気が二百年後にして、やっと、よみがえるんだと思うと、泣

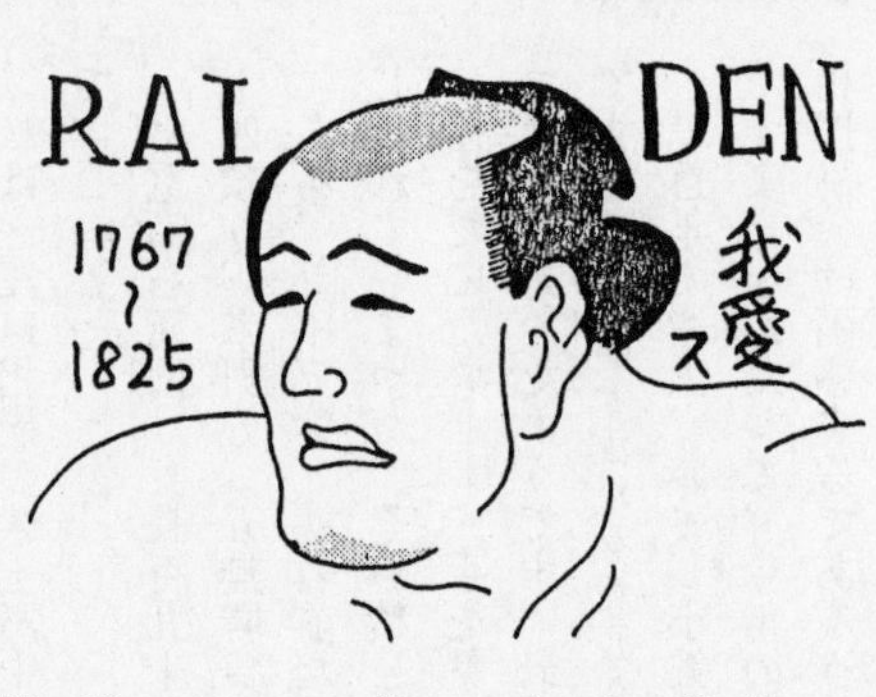

けてきちゃいますよホントニ。

小錦はヨイ、小錦はエライ、小錦ガンバレ。

だって、スモーも、古典化しちゃって、ヨセやカブキみたいに、なにかってえと、閉鎖的な島国の精神性だのが強調されて、ブンカ的に立派げになって、それとひきかえに、本来の開放的パワーが封じ込められちゃって、わたしゃあ、ずうっと、不満だったんだ。

小錦を「黒船」というのは、いいネーミングだよね。彼は「まれびと」なんだ。スモーを変革するために、やって来たんだ。

いま巷は世紀末的雰囲気で満ち満ちていて、セーキマツなんて単なる数字の偶然でイミはないにちがいないんだけど、それでも、やっぱり、息苦しいくらいに文化や情報があふれてて、みんなが「次」を待っているんだと思います。壁に穴をあけてくれる、ケタ違いの「まれびと」を待ってるんだと思います。

政治のコニシキ、文学のコニシキ、各界で、コニシキが待たれてるに違いないんです。

来たれ、新しき世紀
来たれ、コニシキ・シンドローム
私は、本気で、そう叫んでいるんです。

（一九八五・一「第三文明」）

銭湯をぐって社会に出よう!

私が「銭湯はいろう会(かい)」の杉浦日向子です。というのは、ほとんど冗談ですが、このごろでは、最低でも、一日おきに行かないと、体調が狂ってしまうくらいです。ちっこいながら、内風呂(うち)はありますが、銭湯が良い、のです。

私の子供のころ、クラスの半数は銭湯利用者でした。それは、昔はまずしかったというほどでもなく(高度成長期ですけん)、田舎だったというほどでもなく(新宿ですけん)、以前から住宅地だったところに、以前から建っている家には、風呂場がなかった、ということです。新興住宅地や、団地なんかの方は100％風呂場があったものです。

新宿というところは、東京オリンピック以後、副都心だ、などとエバッテいますが、汲みとり便所だってあるし、都市ガスじゃなくて、プロパンガスもわりあいあるし、「内藤新宿馬糞の中にあやめ咲くとはしおらしや」と唄われた江戸の頃と同じ、田舎じみた土地柄です。

私は下町生まれですけん、山の手は好きんせん、なぞと言ってはみても、幼少の頃から新宿（こっち）へ越して、十六年間生活したので、身心ともに新宿ッ子なんですよ。情けないこってすが、イヤダイヤダも好きの内、まあ、しょうがねえじゃあ、ござんせんか。

今では、新宿の家も、とっぱらって練馬の奥の秘境ぐらし、この分じゃ、来年あたり、所沢へでも引ッ越すんじゃないかしらんと思っています。

何の話だっけ、アッ銭湯だ。

それで、夕食後、銭湯へ行くと、必ずクラスメートの一人や二人はいたもんですな。

さて、小学校高学年の頃に、バンパク（十代の人には、わからんだろうなあ）があって、その時分になると、なぜかどこの家にも内風呂があるようになっていたのです。

以来、ずうーっと銭湯とはゴブサタだったんですが、二年前、突如として銭湯へ行きたくなり、自宅のマンションの屋上から、エントツを探しましたよ。で、自転車でスッとんでって、うれし、なつかしの銭湯へどっぷん。

あんな満ちたりた気分はなかったですよ。アタミ二泊三日より、ずっといいんですから。

それが二百五十円ですよ。サテンでコーヒー飲んだって、ストレス解消になんかならないし、おまけに、わたしゃあ胃弱で、気分が悪くなっちまいます。銭湯は、ストレス解消になる、体はきれいになる、ハダカは見られる、で二百五十円ですよ、あなた。

ハダカといえば、真面目に言ってるんですよ。

赤んぼからばあちゃんまで、女のハダカが一堂に会するというのは、スゴイじゃありませんか。

これは、子供にゼヒ見せるべきです。

赤んぼ、子供、少女、娘、おッ母(かあ)、婆ァ、妊婦、帝王切開の人、その他手術の人、あざのある人、ケロイドの人、どこか不自由な人、健康な人、太った人、やせた人、みんな、ハダカンボで同じ湯舟につかるんです。

なんと、ここは極楽じゃなかろうか、なんて思ってしまいますよ。

銭湯をくぐって社会へ出た人と、そうでない人、きっとチガウと思います。

社会人になってしまったあなたでも大丈夫です、すぐ行って下さい。

子供の頃といえば、毎日いろんな大人に、しかられたり、ほめられたり（というのは少なかったけど）したなあ。このごろ「他人の子供を叱ろう」なんてポスターが貼ってありますが、銭湯で騒いでいると、オバサンにお説教されたり、ひっぱたかれた

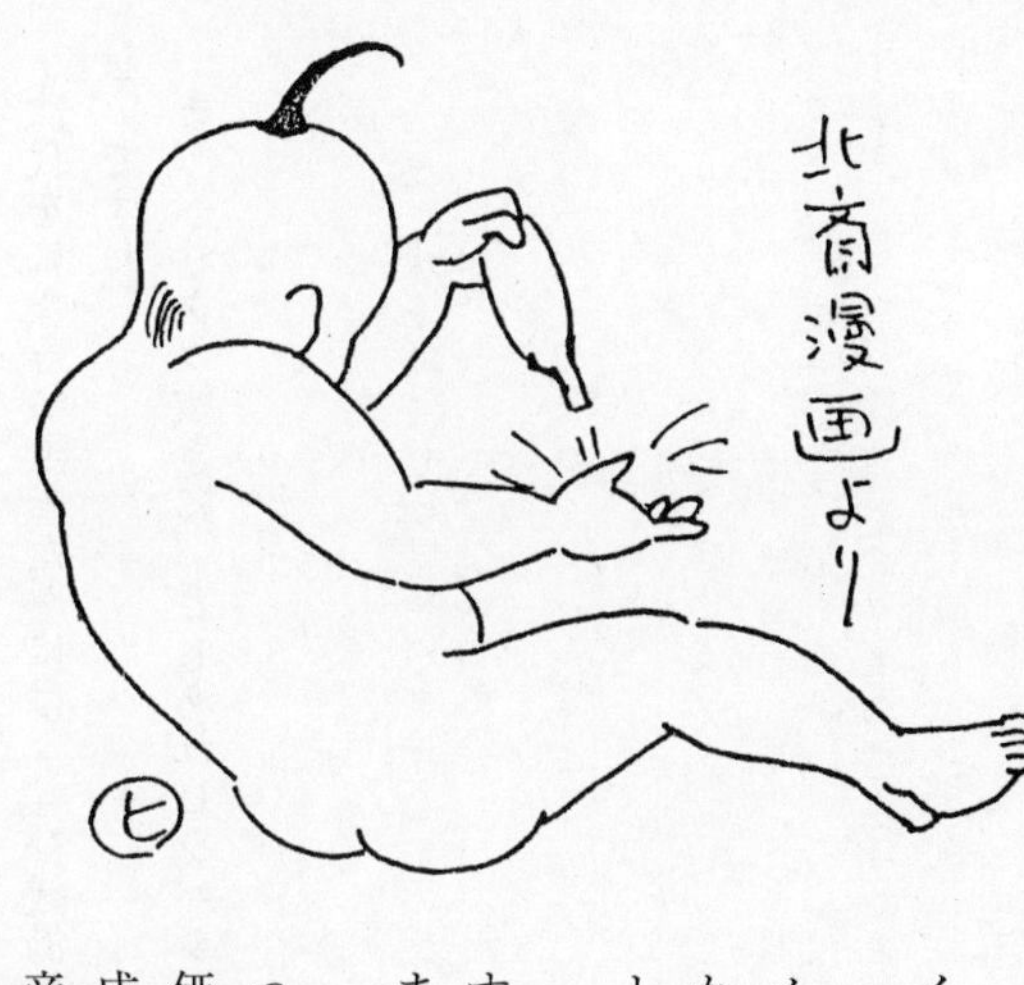

り、したもんです。

「浮世風呂大意」じゃないけど、銭湯はヨイと思いますよ。

バッシャーンと湯を浴びれば、後(うしろ)の人のメーワクになるし、湯舟で体をこするなとか、いろいろ気をつかうのは、べつにキュークツなんかじゃないんですよね。

その他多勢の一員としての自分、を認識するということは、とても大切なことだし、また、心安らかになることです。

現代というのは、自我のめざめた個人ばっかりで、個々が自己主張しなくては存在価値がないようになっていてそれは、高度成長期までは、それで良かったけれど、生産は必ずしも幸福につながらなくなった現在では、勘ちがいにすぎないんじゃないか……このごろじゃ、自己だの自我だのの主張が、うっとおしいなあと思えるのです。次代をになうコドモたちには、ぜひ銭湯に入って、そこのところ、ヨーク考えてほしいですね。

ま、ヘリクツ抜きに、ともあれビシバシ、銭湯、行ってみて下さい。

（一九八五・二「第三文明」）

ああ、世間はムツカシイ

某月某日、初対面の某氏との会話。

「あなた、浮世絵のコレクション、すごいんだってね」

「えー、コレクションなんて……アレ、一枚数十万もするし、とても買えませんよ」

「そうなの？　でも研究してるんでしょ」

「はぁ、まぁ、一応江戸が専門ですから、画集とか、そういう、実用資料はありますけど」

「どうぉ、女の人は、そういうの見てやっぱり、おもしろいですか」

ここで、あッと気付く。某氏は「春画」のことを言っておられるのです。私ゃフツーの浮世絵かと勘違いしてた。が、あわてずさわがず、

「いいえ、な――んとも思いません」と、な――んのところを長ーくのばして、あっけらかーんと答える。

「ああ、そうなの」

と某氏の場合、ここで話題を転換なさったのでした。

某氏は、まぁ、紳士のほうだと思いますが、さらに喰い下がる男（ひと）もいる。

「でも、夜中にひとりで、そういうの見てると、やっぱり、なにか……」

彼はシラフなのです。私は胸の内でバカヤロウとバトーしつつ、にっこり、

「べつに――、ないですね――。あははは」

と、思いっきり、明朗快活に笑う。

こういうこと、最近、ヤタラ、多いんです。ざけんじゃねえよなぁ、と言っても、ま、私が悪いんです。

というのは、このところ、春画についての小文を書く機会がちょいちょいあったわけでして。

それで、なんか、とても、スケベーな女だ、というふうに、思われておるらしいのですよ。

そりゃあ、タシカに春画について書きましたが、自分なりに、とても、気をつかって、コトバを選んで、大切な問題として、書いたのです。

いわんとすることは、江戸期は、京伝、北斎という、当代一流の作家、画家達が公

刊本と同等（時にはそれ以上）の意欲をもって、それらのウラ本にも取り組んでいた。つまり、文化というものが、スミズミまでいきわたっていた。春画は九割がクズだけれど、そういったガレキの山の中にも玉があるという風情がおもしろい。近代以降、ガレキと玉は、別々に管理されてしまったが、本来「玉石混淆」であってこそ文化は活性化するのじゃないだろうかというような、ごく、マジメーな内容なのです。

ところが、文章が稚拙かつ、ズボラだからか、はたまた、能天気な人柄がワザワイしてか「女が春画のことをなんか書いた」ということのみが、人々の胸に残ったらしいのです。ちぇえ。

が、そんなこたぁ、予想はつくので文中

に予防線を張っておいたんですがねえ。つまり、「……私なんかが『春画も見たりします』と言うと、『春画を見るんですか』と問い返され、あげくは初対面の人に『春画が好きだそうですね』なんて言われちゃったりします。やりきれない気がします」

と、ちゃーんと書いといたのに、実際は、はじめての電話で、

「あのー、春画描いている杉浦さんですねー」

と言って来る。ちくしょう。

「模写は漫画の中で、それも、一部分だけのは描いたことありますけど、それにしてもカンペキなのは描いてませんねー。まして、オリジナルの春画は一枚も描いたことありません」

「えー、そうなんですかぁ。近々、そういったもの、やってみようとか」

「いまのところ、ありませんねー、あははは」

と笑うが、ホオがひきつってしまう。

くそったれ。世間なんて大きらいだ。

ま、私が、不用心すぎるんですけどねー。モトモト、私には文学とか詩の鑑賞能力がないんですねー。つまり、物ごとをロマンチックに考えられないので、ウフフ話は

苦手です。というか嫌いです。春画にしても、資料のごく一部分にすぎず、それ以上でも以下でもありません。情緒的にはなれません。

べつに「スケベ」呼ばわりされてもそれほどのショックは受けませんけどねー（そのへんの神経は二、三本足りない生まれつきですから）、親がねー、堅気の人間なのでねー、あんまし、年寄を悲しませたくないんですよねー。嫁入り前ですしねー。

わかってますよ。悪いのは私です。

でもですよ、インタビューの時、ホッペタのひきつるような質問を、いくつもされて、それを例のアイソ笑いで、なんとかやりすごして、やっと終ったという帰りぎわに、

「なあんだぁ、もっとすごいスケベな女だと思ったのになぁ」

なんて、ガッカリした顔で、ボソッと言われては、さしもの楽天根性も、くじけそうです。あははは。

（一九八五・五「第三文明」）

着物ってキモチ良い

えー、いまさら言うのもなんなんですが、私は、いちおう、江戸文化のほうが専門で、まあ、その―、関わっているわけなんですが、「研究家」とか「考証家」とかいう、キチンとしたものではなくて、常々、身近に、それらに接している、というだけのことです。

それで、コトあるごとに、江戸はおもしろいなぁと感じ、いろんな人に、江戸についてのお話をしたりするんですが、正直いって「江戸文化というものは、コレコレコウだから、カヨウにすばらしいのである」とか、声を大にして、言ったりしたくはないのです。

第一、私は「～である」「～だ」という言い方が、あまり好きではなくて「～です」「～ます」も、なんというか、それほど好きではなくて、「～だといいなぁ」「～と思います」という、いいくらかげんな言い方をツイイしてしまうのですが、ほんとうのところ「～と思います」というのも、少しヤなんです。「～と思」っていることっていうのは、ほんの一瞬で、つぎの瞬間には、ちがうふうに思っていることがほとんどなんで、正確には「いま現在は～と思っているのですが」というかんじなんです。ああ、ずい分、話がズレてしまいましたが、というわけで、私は、江戸がただ、なんとなく、好きなだけで、理由は、聞かれるたびに、らしくこじつけますが、それは、その人が望んでいるだろうからという、気くばりであって、実際は、自分でも、わけがわかっていません。

ですから、「イェーッ、みんなッ、江戸って最高だぜいッ」なんてこたぁ、往来ででんぐり返りをするくらい恥ずかしいポーズで、とてもそんな、大それたマネぁできません。

どういうふうなのかというと、ちょんちょんと指で肩をつっついて「にいさん、にいさん、ちょっとイイノがありやすぜ」って、コソコソと耳打ちしたいような、そんなふうなのですが、なかなか、そういうふうにはなれなくて、活字になると「今日も君の江戸は熱いかい」てなことを言っているような、アンポンタンに見られてしまいます。

私は、決して、そのような怪しげなものではありません。

さて、私は、江戸に関わっている善良な一市民として、「第三文明」読者の方に、「コソコソ耳打ち」したいと思いますが、着物って、イガイと、良いですよ、ということなのでありまして。

このところ、仕事の関係で、着物を着る機会が多く、月に四〜六度は着ているんです。

それで、ホントに、イガイとキモチ良くって、忘れていた感覚、というか秘伝のツボをグッと押されたように、良いのです。はっきり言って、トクしたなぁと実感できます。

これは、モウ、着てもらうより、説明のしようもありませんが、だまされたと思って、着てみて下さい（着せてもらうんじゃダメですよ)。

いえ、着物なんか高かァないです。そりゃあ、ビラビラした振袖や訪問着なんか別ですが、ふつうの小紋や、ウールなら、ワイズやコムデギャルソンより安いくらいです。

着るのがめんどうなんていうのも、ゴテゴテした変り結びをするからで、ブンコやオタイコなら、一日二日ばあちゃんにおせえてもらえば、スグできます。これだって、流行の着こなしをマスターするより、よっぽど手数(てかず)がいりません。

髪だって、何も、アップにしなくたって、引っ詰めでも下げ髪でもいいんです。

男の人も着て下さいよ。ことに胴がいく分長めで、ふくよかな貴兄(あなた)、ものすごく似合いますよ。ひょろっと背の高い足の長い「半鐘ドロボー」の坊ちゃん方には、とてもこの着こなしはできますまい。ヘタすると、病院から抜け出した人のように見られちゃいます。

モノはためし、この夏は、帰宅後、男性も女性もユカタで過ごしてみて下さい。秘伝のツボ、ほんと気持ちいいですから。

ただ私は「日本人なら和服だぜ」とか「日本人なら味噌汁よ」とかいったたぐいのことも、なんか、好きじゃなくて、イガイといいんですからァとおススメして「うん、イガイと良かった」と感じてもらえたら良いなぁ、というだけなのです。

できれば、着物の着方を知っているじいちゃん、ばあちゃんの生きてるうちに、モノにして下さい。そうじゃないと、月謝を払って、何カ月もガッコに通わなくては着られなくなっちゃうので、そういうのは、めんどうだと思うのです。では。

（一九八五・六「第三文明」）

今日も〆切、明日も〆切

私事で恐縮ですが、おとつい、生れて初めて、締切りぎりぎりのドンケツという原稿を体験しました。

これは、活版八ページ、B5版のマンガで、午後三時、ネーム先渡しといって、セリフ部分の写植を先に打つために、編集さんが拙宅へみえました。その時、原稿はまばゆいばかりに白く締切りはその日の午後八時。「いやあ、白いですねえ、白いですねえ」と、袖口で額をゴシゴシこすりながら「ネーム取り」（セリフを原稿用紙に書き移す）をなさっておられました。それを近所の電話局で（テレックスという奴）送り、「また来ます」と、にっこりほほえんで去っていった後ろ姿は心なしか、寂し気に見えたことでありました。

それから、必殺助ッ人の梅子ちゃんと二人、手に汗ならぬ、ほかほか弁当のオムスビをにぎりしめて、まッ白な八ページの、息のつまるような攻略の火ぶたが切って落とされたのでした。

午後七時、電話、リーン、リーン・ガチャッ「もしもし（声が昨晩の納豆のように死んでいる）」「どーもー（あくまで朗らか、健気な、じつに、すがすがしいまでの編集さんの心づかい、この某講談社のM氏は、テレビのサザエさんのマスオさんの声とウリ二つだとは、梅子ちゃんの指摘によります）いかがですかァ？」「あっ、はい（ちょっと絶句して）あははは…頑張ってまーす」「ご苦労様です、それで具体的な時間は、あの」「はい、ははは…あ、そうですねえ（梅子ちゃんと五秒間ほどサインをかわし合う）くっ、九時ですと恩の字…（といいかけると梅子ちゃん、青い顔で首をふる）でもないか…な…九時…半…ごろ…か…なァ…（沈黙三秒ほど）」「はぁ（ちょっと、のどに何かつかえた調子で、だがすぐに気をとりなおし、歯切れ良く）はっ、わかりました。頃合いを見計らって伺います。では、頑張って下さい」「はい。どーもー（多少の照れはある）」

午後九時。修羅場というのは、こういう光景をいうのかなという有様。シャボン玉ホリデーの「およびでない？　こりゃ又失礼いたしやしたァーッ」SE（ガショーン）の後、全員が上を下へと取っちらかって、カメラも揺らいでるような、あの感じ。途中、二人で、何度も「今の地震かなァ」「あーん、違うみたい」の繰り返し。

寝不足だと、自律神経とやらが失調して、揺れてもいないのに、揺れているように感じるんだそうです。が、あとで聞いたら、この日は微震があったそうで、梅子ちゃんも疲れていたんだなぁ。

「ヒナコさん、ここ何貼るゥ？（スクリーントーンといって、アミ点や柄目などのフィルムを切り抜いて、絵の上に貼付する）」「あっ、テキトーでいい」「この人、何着せよーか？」「あ、テキトーで」。何もかも、ぜんぶテキトーである。梅子ちゃん、大変。「発売日延びないかなあ」天井の蛍光燈をあおいで、梅子ちゃんが嘆息する。「まッさかぁー、発売日延ばす位なら、八ページ『メモ用紙』にして出しちゃうんじゃないかなあ」「あー、とうとう落とす（原稿が締切りに間に合わずにボツになること）のかあ。マンガ家最後の日だぁ」

午後九時半。M氏、まだ来ない。

「わーい、Mさん、忘れちゃってくれたりして。明日の朝『あッ、うっかりしてて、ゴメンゴメン』なんちっち、そしたら私『あーっ、Mさんひどいー八時半には上ってたんですよぉ』なんちっち…（しばし沈黙。明らかにシラケた。少し反省）」梅子ちゃん「欧米では約束の時間より三十分遅れて来るのが礼儀なんだって」「ふーん」「ホラ、早いと仕度ができてないかも知れないし、ちょっきりだとセッティング直後で、

居眠り防止に
両軸ペンというのがある。
頭がガックリ倒れると
ペンが額にグサリ！　ヒ

点検の余裕とかないかも知れない、そういう来訪者の心づかいなんだよね」「ウーム、いい習慣だ。Mさんも紳士だね。」と私。

午後十時五分。ピンポーン、来たッ。

「いまできます、すぐです」M氏「電話お借りしまーす」と会社と打ち合せ。「あのー、上ったところから下さい」一枚ずつ、てんでバラバラに、出来たのから手渡すと、M氏がそれに写植を貼って行く。なんやかんやで十時四十分頃、全部渡してしまう。「ホワイトは？（細い部分の修正）」と聞く梅子ちゃんの口をふさぐ。「できたあーッ」「おめでとーッ」。拍手がわきおこる。

きのうも半日で八ページ。おとついは三日で三十二ページ上げた。九月末から休みなし、毎日十六時間以上働いた。よく、一本も落ちなかった。明日もあさっても締切りだ。側で聞いていたM氏、原稿をしまいながら「丈夫ですねえ」。「はっはっは」と笑ったら梅子ちゃん「こんどから少し考えようね。どこかで泣いてる人がいる」。いつもギリチョンで編集者を泣かせていると、しまいには「編罰（へんばち）」が当るなぁと思いました。皆さん、ごめんなさい。

（一九八五・十二　「第三文明」）

まじり物でできた脳には若隠居

先日仕事で、中森明夫氏と川西蘭氏と座談会をしました。

中森氏とは三年越しのオトモダチで、今春何かの出版オメデタ会で会ったきり、ゴブサタだったので、彼のニウワなお顔が見たくって、のこのこ出かけました。

川西氏とは初対面で、私はチョット人見知りをして申し訳なかったですが、良く見ると、育ちの良さそうな、おっとりとした、もし親戚だったらヒジでコヅキ回してイタブッテやりたいような人でした。

この次お会いしたら、も少し会話がはずむと思います。

サテその座談会が、ナント「新人類大いに語る」という奴だったので、ぶったまげました。

主催者側は、フトした思い付きで私をマゼタのでしょうが、私ゃ五〇年代のアンカーだというコダワリがあり、しかも旧タイプであるという自覚さえあるのです。

もっとも、六〇年代生まれの彼らが、そんなシールのような「商標」で、他から区別されるのも気の毒です。何か、区別を越えて、差別の匂いさえ感じられます。「奴らは新人類だから、奴らの考えていることなど、私等にはわかりっこない」と。だいたい大昔から、若者の考えることを大人が理解しにくいのはキマリなのに、今さら、「新人類」とか言い出すのは間の悪い仕方です。

例の『朝日ジャーナル』の対談なんぞには、大人が若者思考を崇拝し、ありがたがっているような雰囲気がみなぎっておるではありませんか。

大人が自信を欠いているのを、若者のほうでは見抜いていますね。

若手劇作家の売れっ子、鴻上尚史氏は、自著のあと書きに、みんな安心したまえ、世間は甘い、とうたっていますが、こいつはモウ、あっぱれ見事、大当りの大名言です。サワヤカです。

ところで「新人類」といえば、六〇年代生まれである事が条件ですが、それは、一九六〇年が、米ソ核弾頭ＩＣＢＭが配備された、キネンすべき年だからだと言います。

彼らは生まれた時から、具体的な終末と共存することを余儀なくされている。かといって、悲観的ではサラサラなく、メチャ明るい。なぜかといえば、たぶん、ソレが得体の知れない恐怖などではなく、白日の兵器だからなのだと思います。

サテ、十年ごとの世代論を展開するのは、バカバカしいことですが、六〇年代は核、という風に見ますと、私等五〇年代のシンボルは、言うまでもなく「高度成長」です。こっちは、ちっともカッコ良くなく、ひたすら悲惨ですね。オリンピック、万博とつづく、あの異様な国民ワッショイの熱気にあてられた、私達の幼い脳というのはカワイソウです。

しかも、体を育むべき食物は、あらゆる添加物のカタマリでした。オギャアといったとたんに、鉛たっぷりの排ガスを吸って、サリドマイド禍やヒ素ミルクに怯え、チクロの甘さに酔い、車にはねられないように、黄色づくめの通学服を着て、口中、赤や紫に染めて菓子を食べ、農薬でまっ白になった野菜を、折からのサラダブームで生で食べ、防腐剤入りの味噌汁をすすった。

成長していく過程で、どれほど多くの添加物が有害指定を受け、消えていったかわかりません。

いずれにせよ、私達はしっかり食べたアトでした。

おとーさん、おかーさん達の頃は、戦争をやっていて、食べたい時分にロクに食べさせてもらえなかった。熟年層のポックリ病は、食べられなかったおとーさん達が貧弱な体で、ジャパン・アズ・ナンバーワンをガンバリすぎた為なんだそうです。

その子供の私達はヘンな物を腹いっぱいツメ込んで成長しました。

私達の脳も内臓も四肢も、まじり物で出来上がったといえます。調合を間違った飼料で育った、これらの脳や体は、イザ、という時正しく機能することが、できるんでしょうか。少し心配です。

そういった意味で、食品や環境などの基準がキビシクなってきた頃育った、後の世代に、せつないような期待を持ったりしてしまいます。

現に、全共闘世代の次に盛り上がりを見せているのが、六〇年代の彼らですもんね。五〇年代は「若隠居」の世代……だったら、私は良いなあ。

（一九八六・一　「第三文明」）

苦手な絵についての心境

ジョージ・ルーカスが「僕は、ほんとうは監督には向いていないんだ。監督として映画に接している時は、つらいばかりなんだよ」とか、のたもうておりました。現在彼は、「製作総指揮」という輝くばかりのポストにおさまって、公開時には、実施監督をした人よりも、主演のアクターよりも大きな名前で登場します。「製作総指揮」とは何かっつーと、映画の企画、進行の現場の横っちょで「イメージ違うんだなぁ」「そこ、もちっとパワー上げて」とか、監督その他のスタッフにハッパをかける役目なんだそうです。最近のスピルバーグももっぱら「製作総指揮」を楽しんでおられるようですが、才人（さいじん）というものはウラヤマシイものでございます。

私だって、ほんとうは、マンガ稼業には向いていないのです。何たって、絵を描くのがツライ。コタツから飛び出して、庭で乾布マサツをするよりもツライ。「なぁんだ、それなら、原作者になって、誰か他の人に絵の方を頼めばいいじゃん」とワケ知りはおっしゃいます。ところが、どっこい、物語を作るのだって、エンヤコーラ、ヤットコセーと息も絶え絶えなんです。井戸掘り同様の重労働です。

つまりは、私も「製作総指揮」をやってみたい。私ゃ、人にハッパをかける事は大トクイだから、ピッタシの役だと思うのです。好きな原作者と、好きな画者を手元において「あーん、何コレぇ、雰囲気ブチこわしじゃん」とか言ってみたいなぁ。もちろん、みたいなぁと思ってるだけで、そんな事ァ家内制手工業のマンガ界で通用する訳がない。ましてや、私の言いなりになってやろうてえ酔狂な原作者も画者もいる筈もない。わかってますよーだ。

ところで、大きな声では言えませんが、私、ホント、絵、苦手ですねん。なぜ、大きな声で言えないかというといちおう、仮にもせよ、マンガ稼業にたずさわり、それでもって、生活している身だからであります。「マンガ家のクセに絵が苦手」なんて、許されるコトではありまっせん。

ひええ、でも、ホント、苦手なんですよう。

何がコワイと言って、初対面の人に色紙を出された時ほどビビることはない。しかも、たっぷりと墨をふくませた面相筆を添えて、差し出されりゃ最悪の事態です。思い切ってヤミクモ流で「他力本願」とか「七転八倒」とか「大江戸八百八町の八百屋さん」とか墨痕淋漓と大書きしようかとも考えます。けれど、ソレをスルとサレた人が、マズ喜ばない。「何か絵をチョコッと……」と必ずおっしゃる。そして「カンタンなのでいいです」と。

カンタンもコオロギも、描く、という行為に変わりはないのですから、やっぱり苦手です。冷汗が出ます。第一初対面の人が見ている前で、絵なんか描けやしません(別に私は、お弁当を食べる時、フタを前面に立てて、サイドを手でカバーしながらお箸を動かすような子供でもありませんでした)。それに、鉛筆のアタリ(軽い下描きのコトを言う業界用語)もなしに、ナマ描き(ぶっつけ本番という意味の同前)なんざできません。「あの、私、ヘタですから」などという言い訳は「はっはっは、ヘタもアジのうち、気にしなくっていいですよ」と一笑されてしまうのでありました。

ああ、〆切りさえなかったら、誰がGペンなんか、面相筆なんか、手にするもんか。オフの日には、ケイ線のない紙を見るさえゾッとします。

それなら、ナゼ、マンガをやっとるんじゃとはもっともな話。

私というものは、なにしろ飽きっぽいタチで、ひとつのことが三ヶ月続いたタメシがない。クラブ、習い事、スポーツ、しかり。そういう者が、早、足かけ五年もマンガ稼業をやっているという事実に気がつきました。アゼンです。あまり、考えたこと

もないけれど、これだけ続いているところを見ると好きに違いない。自分で気がつかないだけで、たぶん、ホントは、私はマンガが好きなんだ、と思い込むようにしている今日このごろです。マンガは好き（の筈）だけれども、絵を描くのは（好きであるのに嫌いというんじゃあまりにもちゃらんぽらんだから）苦手、という事ってあるのでしょうか。

絵をながめたり、絵の事を考えたりするのは、わりかし、好きなほうだと思うのですが……。字もヘタ、文章もデタラメなのに、エッセイなんかはポポイのポイでうっちゃることができるのです（どーせ本業じゃあねえという気安さからでしょーか）。ところが、それにくっ付いている名刺大のカットに食欲が失せます。はやく絵が好きになりたい。（一九八六・二「第三文明」）

安吾は他人とは思えない

夏、久し振りに会ったNが、坂口安吾が面白いから読めと言う。「読んだことないけどさぁ、暗いんでしょ」「暗いんだけど、すんげーおっかしい。あんたに似てる」「ウゲー、おっさんに似てるなんてやでぇ」。Nは女で人妻で、ヨーチエンジのガキンチョまでこしらえている。

ふた月も前の話だけれども、先日フト思い出して、角川文庫で「堕落論」と「暗い青春」を買って来た。シメて六百四十円。なんちゅー暗いタイトルだ。ただでさえ文学オンチの私には、すれ違う運命にしかなかったようなタイトルだ。近所の本屋にはこれっきゃなく、仕方なかった。（シカシ、今回ですますでなくてだであるとゆーのがミョーだ）。

夏、あんなこと聞かなけりゃ一生手にしなかっただろう。

実際、笑った。おかしかった。似てるなんてえと、相手が文学史に載っかるような人だから、どっからか蹴とばされてしまうけれども、なるほど、他人とは思えないオッサンだ。

『不良少年とキリスト』という一文は、「もう十日、歯がいたい」で始まり、エンエン歯痛をグチる。

「原子バクダンで百万人一瞬にたたきつぶしたって、たった一人の歯の痛みがとまらなきゃ、なにが文明だい。バカヤロー。」

そんでもって

「歯痛をこらえて、ニッコリ笑う。ちっとも、偉くねえや。このバカヤロー。

ああ、歯痛に泣く。蹴とばすぞ。このバカ者。

歯は、何本あるか。これが、問題なんだ。

人によって、歯の数が違うものだと思っていたら、そうじゃ、ないんだってね。変なところまで、似せやがるよ。そうまで、しなくたって、いいじゃないか。だからオレは、神様がきらいなんだ。なんだって、歯の数まで、同じにしやがるんだろう。気違いめ。まったくさ。そういうキチョーメンなヤリカタは、気違いのものなんだ。もっと、素直に、なりやがれ。

歯痛をこらえて、ニッコリ、笑う。ニッコリ笑って、人を斬る。黙ってすわれば、ピタリと、治る。オタスケじいさんだ。なるほど、信者が集まるはずだ」と、こうくる。この一文は、もともと「太宰治論」であるのに、六分の一は「バカヤロー歯が痛え」でつぶしている。でも、それぱっかじゃないところが文学史だね（あたり前か。そうじゃなけりゃ、死後三十年も文庫が出てやしねえや）。

彼は友人の太宰の死に、メチャクチャ怒っている。

「自殺、イヤらしい、ゲッ。」

「私は生きているのだぜ。人生五十年タカが知れてらァ、そう言うのが、あんまりやさしいから、そう言いたくないと言ってるじゃないか。幼稚でも青くさくても、泥くさくても、なんとか生きてるアカシを立てようと心がけているのだ。」

太宰の大バカヤロー、フツカヨイなら、翌朝アレゆうべはあんなことやったかで済むが、自殺じゃ目がさめないから赤面逆上もできやしねえ。

「人間は生きることが、全部である。死ねば、なくなる。名声だの、芸術は長し、バカバカしい。生きることだけが、だいじである、ということ。たったこれだけのことがわかっていない。いつでも、死ねる。そんな、つまらんことやるな。」

N。七年前、おんなじこと言ったっけ。おみゃーが死ぬのと生きるのと（半分はヤケで半分は本気だったんだね。うんわかってる）スッタモンダあって、毎夜五時間電話したね。

「生きてりゃいい。ちゃんとなんかしなくていいじゃない。生きるのに理由なんかいらねえよ。生きてるから生きるんだ。それで十分だよ。ウヌボレんな、バカヤロウ」

思えば『暗い青春』だったなあ。安吾は言う「青春は暗いものだ。なべて青春は空白なものだ。」

暗いといっても、納戸の隅の暗さとはまるで違う。

青春の暗さを、安吾はいつも陽当りの良かった二階の八畳間によって思い出す。雨の日も曇った日もなかったような、あふれる光の中の陰うつ。

チクショウ。ゴチャマンと締切がたまっているというのに、Nが変なものをススメルから、すっかり読みふけっちゃって、二、三本、落っことしそうだい。まだ暗い青春はつづいている。

Nのヤロー、自分ばっかり、イケシャアシャアと前科更生しやがってン、

「そんなこともあったわねえ。結婚ってしてみるモンよ。自分の存在がね、立体的になるっていうか、実感っていうのかなあ、わかるんだよねえ、これが生きることだって」

バカヤロー。へん、羨ましくなんかねえや。

私は締切が好きなんだ。
そういや、歯が痛えや。歯医者が
「あなたは治しても治しても歯ギシリをするから治療が追い付きません」
なんて、言ってたっけ。ケッ。もうすぐ二十八だ。

（一九八六・九「第三文明」）

デンジャラス・ヒナコ、東京タワーに登る

リーン、リーン、カチャ。

「もし……」

「（地獄の底から響いて来るNの声）見ィ〜たァ〜ぜェ〜」

「あ、そ」

「バッキャロー、赤面逆上だぜえー‼（私との電話の時だけ学生時代のシャベリに先祖返りする。ふだんNの家にジーコロすると『はい、○○でございます』てな品の良い奥様調で出るから思いっきし笑ってやることにしている）」

「ま、ま、落着きたまい。『赤い布団の上でのコトはみんな嘘』と昔から云うではないか」

「なんだよウ」

「女郎屋のオフトンは、たいてい赤いの。でもって、その上でささやく甘いコトバは

みーんなウソッコってえやつだわな」

「だーらなんだよ。(先月号を読まない人へ……Nは女である)」

「わしらもそれと同じでもってサ、白いゲンコー用紙の上でのコトはみんな嘘ってサ。読んでる人だってホントだなんて思わないよ～～ん」

「そんなんアリかあー。反則技じゃねえのォ。でもさ、おしまいのトコなんて、まるでハイミスのやっかみじゃねえか。ミグルシイでやんの」

「オエー。ありゃ読者サービスってもんよ。『あ、こんな人でも、やっぱ人並にケッコン願望あるんだ』てとこ見せときゃ、なんかホッとするじゃん」

「んとかー。いんや、ありゃ本音だな」

「バーロー。んなんじゃねえやいッ」

「しっかし、よくあんなの活字になるなー。『第三文明』ってヘンな本。編集長も太っ腹というか……」

「うむ。編集長が太っ腹というのはタシカだ……(他意はアリマセン)」

ははは。以上が先月号のテンマツでありました。(オチがあるとこがいいでしょ……なんちって)

さて、トートツに話は変わりますが(いつだってコウだ)、私のリング・ネームは

「デンジャラス・ヒナコ」なのです。わはは。

これは、某コーダン社の取材で、新日本プロレスを観に行った時、同行の担当(タントー)編集者がつけたネームなんですが、ヒッデエよねえ。これじゃあ、モロ悪役もいいとこ。タントーは五歳下の女のコで、これがカトンボなんだ。(かわいいが腕力はある。みんなに見せたいなァ)で、私は彼女に「ポッキー・ミカ(これが彼女の名前)」と命名したのだな。ポッキーなんて、甘くせつなくかわいいじゃあござんせんか。なのに、こちとらデンジャラスなんて、おっかねー。

でも、つい、こないだまでのアダナが「若年寄」や「若隠居」だから、それよりぁーマシなように思います。

「若隠居」なんて、ほとんど人間の燃えカスだよねえ。ワシ（そういえば自分のことを、高校の頃から『ワシ』と云うんですよ。『ワタシ』と口にする時は、カナリ、ハッキリ意識しています。ワシなんて云うから、トシヨリのよーに思われるんかなあァ）は、まだバリバリの、エネルギーあり余っているダイナマイト小僧のつもりなんですけどねえ。

いつも机にへばり付きっぱなしの超運動不足だから、元気のヤリ場がなくって困ってますよう。宮武外骨のトレードマーク、ありますね。あの、机を前に腕まくりしたオヤジの脳天がまっぷたつに裂けて、そこからカンシャク玉がセンコ花火のようにバチバチはじけ散っているやつ。あの状態なのです。

こんなに脳天バチバチなのに「秋深し隣は何をする人ぞ着てはもらえぬセーターを寒さこらえて編んでます」てな隠居ごっこなぞやっちゃられませんや。ところで、一括変換のワープロで「柿食えば鐘が鳴るなり法隆寺」を打ち込むと「下期食え馬鹿値が成なり放流時」となるんですよ。キカイってヤツは、これだからカワイイぜ。えへっ。

という訳で、若隠居改メ、デンジャラスのリング・ネームを背負って、当分ファイトしていこうと思っているのです。ヨロシク。

このあいだ、生まれて始めて「東京タワー」にツイニ登りました。登るの、かなりの決心が必要だったんです。と云いますのは、私は芝愛宕下でオギャーと生まれ落ちて以来この年まで一度も東京を離れることなく育ちまして、それでもって、このタワーに登ったことがなかったのでした。

だから、「東京に生まれ育ったら、東京タワーに登っちゃダメだよ」なんて豪語したりもしてた訳です。でも、いっぺん登ると、コロリ前言撤回。で、「東京に一生住むつもりだったら、一度はタワーに登って見なくっちゃ」と会う人ごとにススメています。

タワーから見た東京の夜景。なにか万感胸に迫るものがあったなぁ。私もとにかく、カンシャク玉をスパークリングさせながら、この街と同じ速度の感性で、呼吸して行きたい、そうやって生きたいと強く思いました。

だから、隠居なんか、してらんないのです。ホントウに。

（一九八六・十　「第三文明」）

東京とサイゴまで付き会うぜ!!

わたしなんか、東京で生まれて、トーゼン東京で死ぬんだと決めてます。今現在も、東京という土地の養分を吸収して、かろうじて生きてるし、生まれて来たのだって、東京の地霊（なんてものがアルのかどーかは知らないけれど）の意に応じて、生まれて来たんだと信じてます。（作物と土との関係ですなこりわ）東京に対しては、親以上の恩義を感じています。でも、他地方の人に東京の悪口を言われると腹が立つとか、東京のココがエライだとかいう、フルサト自慢の気持ちとはちがいます。

高山植物かなんかで、他所へ移植すると枯れちゃう、どーしても栽培できないってのがありますが、あれくらい私にとっては切実な問題なのです。

東京以外の土地では、自分のエネルギー出力が通常の半分以下に減少します。（存在感がキハクになる）

ところで、マスコミ・イメージの東京って最悪ですね。さすがにもう非情な都会・東京サバクとまで言う大アナクロ野郎はいなくなりましたが、渋谷青山六本木の風俗が東京のイメージを背負う気でいるのは、メーワクです。アークヒルズなんか、ちっとも良かぁない。お肉屋さんの冷蔵庫か、外人墓地の墓石みたい。

世田谷の高級住宅地もオトトイ来やがれ。数十億積まれて泣いてたのまれたって（そういう気づかいは幸せなことにナイが）住んでやるもんか。

私がこーやって山の手をコーゲキすると、わけ知り顔のオタンコナスが、「やっぱ、上野浅草ですか」とコク。あんな田舎ァ御免こうむりやしょ。古臭くて、頑固で、ビンボで、気がふさいでくらァ。世間で西東京があまりにもてはやされて、東東京が不景気面してるから、ひいきしてるんだい。好きだからじゃねえや。嫌いでもないけど。

お次は、ソンナラどこが良いのだと来るんだこれが。早い話が、東京のドコソコじゃなくて、東京全体が、自分の体より大切に感じています。

バカクソダサイ西側があって、フルクサビンボの東側があって、もーしょーもねえもんばっかりで、腹の立つことばっかりで、あー、やっぱり東京だ、私のよーなもんは生え育つわけだなぁとしみじみ感謝の博覧会。

二十一世紀都市計画というものがあって、まず都庁を移転して、それから海の手（東京湾埋め立て地）開発とか騒がれているようです。

私ゃべつに、東京にドウコウなってホシイというキボーはありません。ただ、どーなろうとサイゴまで付き合うぜという心意気だけはあります。

今は、原発と住みたいと思っています。（原発はキライだけど）原発を「必要悪」だなんてヌカすベラボーがいます。世の中に必要な悪なんかあるわきゃーない。必要な以上は善じゃなくっちゃヘンです。でもって、原発がどーしても必要で全廃できないのなら、トーゼン使用量の多い東京に集中して築くべきです。必要で良いものだけれど、何かあるとコマルから、田舎のほーに置いとこうてのは心底アッタマに来る。

全廃できない、生活に必要欠くべからざるものなら、抱きしめて一緒に寝起きすりゃいいじゃないか。それあってこそ生きてゆかれる我々であるのならば、命運を共にすればいいじゃないか。

東京にはど真中に土地が余ってます。今住んでいるお方は京都に本宅をお持ちだから不都合はないはずですよね。あすこにズラーリ設置すればいい。東京のシンボルにしてしまえばいい。原発を抱えて夢を見ればいい。そうなれば面白いね。壮観だね。

東京の地価が下がったりするんだろうね。だって、ガスタンクの周辺の地価は安いものね。はは有難いや。操作能力を超えた道具を手にしてしまったなんて、それだけで不幸です。モウ七輪・灯火の時代には戻れないから、原発は必要だという。どうして戻れないんだろう。

ここまで書いたところで、仕事の電話で一時中断。ああっいやだッ。

連載さえキチンとやっていれば、ホカから文句言われるスジアイはナイじゃないかあ。仕事は今十本。毎日十二時間以上働いて、年間の休みが五日以下。ギョーカイじゃ当たり前のペースだけれど生来怠け者の私には限界量。

で、その他の仕事は、義理ガラミ以外は全てコトワリます。一本受ければ睡眠時間がなくなるか、他の連載の内一本が落ちるかのどっちかだ。それなのに「若輩のくせに思いあがっている」とゆわれる。チクショー。

このペースで仕事をつづけてたら、どんどん人格が壊れていくような気がします。アブネエ。年末進行で人相悪くなってるョ。もっとニコニコしよっと。

（一九八七・一　「第三文明」）

ブームになったら「江戸」も終り

これを書いている今は12月半ばなのですが、この号は2月号ですネ。月刊誌のペースは、どこでもこんなもんで、10月末から11月あたまが「新年号」の締切となっており、10月頃には、せっせと正月風景を描きまくったりしていました。兄なんぞは料理写真が商売で、夏が終るとスグ「おせち」を撮影して、数の子や黒豆を食べました。

そんなわけで、私の中ではとーっくにお正月が終っていて「桜はまだかいな」と本気で思っていると、テレビでヤオラ「今年も余すところあと三週間‼」なんてやってるからギョッとします。まだ、ジングルベルも紅白もこれからなんて、ウッソみたい。

それはともあれ、今年は（つまりコレを書いている今ではなく…ええモトイ、87年は）「江戸ブーム」の年なのだそうです。

私が思うに、これは、エスニック（辺境）―レトロ（懐古）―エド（趣味）の流れで、ごく自然に浮上して来た「流行」といえましょう。

これが、江戸の意匠を取り入れたファッションや、江戸料理を味わおうという形でショーバイにつながっていくわけです。いわば、「もうかるフーゾクとしての江戸」なんです。

まぁ、おもしろいかもしれないけど、所詮は「購買欲」をあおる為のウチワですから、そんなふうに江戸がコキ使われているのをソウ喜んじゃいられません。

それとは別に、アカデミックな方面でも、江戸は注目を集めているようで、大学でも、文学や歴史で江戸を専攻する学生が増え、江戸関係の著述も年々大量に出版されているそうです。

こちらでは、「混迷する現代を切り拓く伝家の宝刀」としての期待が江戸に課せられたりしがちです。

これも、江戸にとっては気の毒です。

こういった「風俗」や「啓蒙」から解放された、つまり、かっこいいコピーの文句や、センセーの熱弁から遠く離れたところで、ジワジワと盛り上ってきた「江戸ブーム」であれば、キャッと飛びついてしまいますが、今回のは「ゼニ」や「シソー」の体臭(におい)がするので、少しハズカシイです。

「江戸ブーム」についてのカンソーは今月（12月）に入ってから「来年（87年）がソレだそうですが、どう思いますか」という質問をヤタラ受けたので、タテ板に水で（これの逆ってヨコ板に雨ダレなんですって。おっかしいよネ）お答えできるんですねー。おりこうなインコの芸みたいですねー。

さて、つぎに、クソ平凡な「学園モノ」のプロットを聞いて下さい。これは導入部だけで、まだストーリーも結末も見えてません。まあ16ページあれば（マンガに）描けますネ。

――とある共学の中学校（高校でも良いが、高校生はもすこし分別がついてしまうので）の新聞部（文芸部でもヨイ）。部長・男の子。副部長・女の子。その他部員多数（ほとんど女の子）。副部長は部長のことが好きである。けれども、その想いは、深ーく胸に秘めて、赤い定期入れの中の部長の写真にだけ、心の内を語りかけている。ところが、ある日、頭カラッポのキャピキャピ娘が転校して来て、あろうことか新聞部に入部して、部長と急速に親しくなってしまう。副部長は少なからずムッとするが、プライドがあるので感情をあらわにはしない。副部長は成績も良く、人望も厚いのだ。この恋の結末は…（部長からは何の動きもないんだな、コレが）。チャンチャン。

話としちゃ、サイテーだよね。キャラもつまんないし、設定もありふれてる。でも、

これ、私の周囲のコトなのですねえ。

部長というのが「江戸」、副部長が「コツコツ真面目に江戸との深ーい交流をあたためて来た人」で、アーパー転校生が私。

江戸に関わっている人って、女生徒的なところがあって、少人数でメチャ親密に組むか、孤高に構え、自分のテリトリーを固守するかのどちらかが多い。

アーパー転校生は副部長にヘーキで近づくが、副部長は相手にしてくれない。副部長は「本格」、アーパーは「変格」。「変格」でも一流になれば、「本格」のほうで、少しは認めてくれたりもするのかな。もっと勉強しなくっちゃだわ。今、私は向学心に燃えています。

ところで、世間で「ブーム」だなんて言うころにはもう終りだよね。これから勉強しようとしている若い人よ、今からヤルのなら絶対「明治」です。私の尊敬してやまない芳賀徹先生もソウおっしゃっています。今現在が既に幕末の様相ですから、来たるべき時代を見据えるなら「明治」しかありません。7年前、直感により江戸後期を選んだ私でありました。こんどの「明治」も、ビシビシ確信します。では。

（一九八七・二「第三文明」）

「ウルトラ人生相談」より

夢みて半世紀

私の趣味は夢占い。朝はもちろん、夜中でも目覚めると、夢を書き留めておく。参考にする夢占いの本は何十冊。内容は大体頭に入っていて、だれかが「こんな夢をみた」と聞くと、すぐ占ってあげちゃう。あーあ、いつまでこんな習慣続くんだろう。やめられない止まらない。そのうえ、今日の星占いまで見なくちゃ眠れないんだから。こんな私が五十歳。私の精神年齢を日向子先生に鑑定していただきたい。

（神奈川・夢みる夢女）

私の趣味は、フトンを干す事と、穴掘りです。

　このところ変な空模様、うっとうしいですねえ。目覚めた時にはテカテカのお天道さん、ヤレ嬉しやとイソイソ干せば、一天俄かに掻き曇りドシャバシャの雷雨。入道雲のごとくたくましく膨らむはずのフトンが、高野豆腐の含め煮とあいなってしまいます。トテモカナシヒ。布団乾燥機という文明の利器もありますが、ヤッパリ天日のアジにはかないません。むせかえる程のお日様の匂いに包まれて蚕のように眠りたい。天道恋しやホウヤレホウ。

　もうひとつの穴掘りについては、ただ、掘るのが好きです。草花を植えるためとか、その穴を何かに役立てるためとかいう目的ナシに、ただ、モクモクと掘るのが好きです。掘っている間は、何となく、気持ちが落ち着いてイイ感じがします。穴掘りに開眼したのは二足歩行と同時ぐらいですが、いまだにシャベルを握るとウズウズして夕マリマセン。こんな私が二十九歳。私の精神年齢はいかがなもんでしょうか。うーむ。

「鑑定」とは新手のご相談ですねえ。乙女チックにモスラ。

　ええと、シカラバそうですねえ、「夢みる」といえば古今東西を問わず「少女」がつきものと定まっておりますからにして、「少女」といえば「お下げ髪」、さてその「お下げ髪」の旬はズバリ、独断で十三歳、というセンではご満足戴けませんでしょうか。

ところでモンダイの夢占いのご趣味、ハンパじゃありません。「朝はもちろん、夜中でも目覚めると、夢を書き留めておく」という筆マメさもさることながら、参考書数十冊、内容はほぼ暗記とは、ご立派なものです。「やめられない止まらない」、トーゼンでしょう。ここまで極めたら、イッソ、生涯の趣味としてしまいましょう。ただし、「趣味」というからには、あくまで、遊び心と洒落を旨として下さい。

占いは、楽天的なのより、悲観的なものの方が、説得力もありウケますが、人を怖がらせてはイケマセン。ホノボノと明るく楽しくオネガイします。ジョワッ。

（「週刊朝日」）

われナべにとじ蓋

夏の麻背広に衣替えしたとたん、五十六歳の夫は「今日は麻薬の取り調べだ。サングラスを用意しろ」と、映画「カサブランカ」の領事になりきって、出勤するまで「カスバの女がクサい」とか「あのバイ人はしたたかだ」などと、うるさくて。真珠のカフスをした日は、「伯爵夫人のお相手は骨だ」とドンファン気取り。浴衣姿で「風呂場でやられんじゃあんめえか」は幡随院長兵衛。こんな夫を笑ってるだけでよいかしら。

（東京・ヨーコ・53歳）

えいちくしょー、歯が痛い、モトイ、抜歯跡が痛えよう。ついこないだ親しらずを立て続けに二本引ッこ抜きました。二本とも左側で、どっちも、余地ないアゴに無理やり生えようとしたもんだから、横っちょ向いて、手前の歯をぐいぐい押したりあさ

っての方向に顔というかエラ出して、そんでもって勝手に虫歯になって周りがはれて、オマケに熱まで出したりしゃーがって、おハナシになんない手合いだからってんで抜きゃー、跡がズッキズキ。左半面、ゆがんじゃった。鎮痛剤シコタマ持って京都出張したけど、ひでえもんだ。にしんそば食えば、汗の熱さとにしんの煮汁がウググとしみる。ビール飲めば、冷たさと泡が直撃。仕方ないから、宿へ帰って風呂へ入れば、体があったまるとたん、抜歯跡に心臓がはさまったようにズッキンズッキン。町へ出りゃー、中華ちまきを蒸しているような底力のある暑さだもん。左のアゴからボロボロ分解してしまいそうです。窓の外には二条城、ああ京都の夜は更ける、抜歯跡は痛い、コアラ。

東京のヨーコさん、こりゃま、ノロケでしょう。なんてったって、こちとら異郷の地で抜歯痛にイジメ抜かれて根性ひねくれてますから、ロクでもねえ。だいたい麻背広着たダンナが「今日は麻薬の取り調べだうんぬん」と言うたかて、「カサブランカ」の領事だとピーンとくるオクサンもオクサン、われナベに、モトイ、似合いの夫婦やないかいな、何の不都合がおまっしゃろ、お目出度うさん、よろしおすなあ、ほなさいならの世界やおまへんか。真珠のカフスがドンファンで、浴衣姿が長兵衛さんも以下同文、オクサンあってのダンナサン、オクサン笑えば家庭は円満、笑っているだけで良いではありませんか。

とはいえ、あまりのワンパターンは飽きがくるでしょうから、その時々で、「このあいだのセリフの方がモアベターだったわダーリン」などと、寸評を加えれば、ダンナサンの芸にも、ますます磨きがかかるでしょう。ともあれ、無邪気な心は人生の潤い、大事にして下さい。ジョワッ。

（「週刊朝日」）

スモーサイコー

私は大相撲が大好きです。仕切りの間のにらみあい、一対一の力のぶつかりあい、すてきだなあと陶酔してしまいます。場所中は寄り道もせずに、学校からまっすぐ帰って、テレビの前で大騒ぎしながら応援します。この前、夏の巡業のとき、なんとかして、友だちを誘ったのですが、「絶対やだ」と断られてしまいました。なんとかして、相撲の素晴らしさを友だちに伝えたいのですが、なかなか興味を示してくれません。相撲の魅力をわからせるには、どうしたらいいでしょうか。

（札幌・大乃国子・高2）

どぉうしましょう。ペンネームが、大乃国子だなんてぇ、お名前だけで胸がドキドキしてしまいますわ。わ〜い、好きだようん。金印ゴジラ♡♡

大乃国子ちゃん、え〜ん、呼び掛けるのに、いちいち照れちゃうようん。横綱昇進おめでとうございます。日々健やかにご機嫌よく過ごされますことを、陰ながらお祈り申し上げます。私なんぞは、お姿を拝ませていただくだけで、心より幸せになれます。ああ、この時代に生まれ合わせてよかったぁ。しみじみ〜。

高校二年生なんだぁ。う〜ん、そのころは学校の授業を三時限目で抜け出して、場所中は、十日以上蔵前に通ったっけ。名古屋まで鈍行電車で行ったことも、戸塚の巡業先へ行ったこともありました。今でも、場所中は仕事が手につかなくて、一、二本危ない連載も出てきます。体さえあけば、両国行っちゃうし、テレビはＮＨＫと六時台のニュース、続いて七時、九時、十時、「大相撲ダイジェスト」、それ以降のスポーツニュースを可能な限り見てしまいます。スナワチ今月がその危ない月なので、それぞれの担当さん、褌を締め直してビシバシ取り立ててくださいネ。わかるなぁ、うんうん、この幸せ分かち合いたい一心で友だちを引きずり込もうとするのだけれど、大方の人は、食わず嫌いで迷惑がって逃げちゃうんだよねぇ。こんなにいいものなのにねー。

でも、お酒を飲んだことのない人に、酔い心地の極楽気分を伝えるのが難しいように、力説するほど、聞いてる側はなんとなく取り残されて冷めた気分になっちゃうらしいんです。そこで、相撲の独自性やなにかはさておき、大乃国関がウグイスパンが好物だとかいうことを、クラスメートの噂話でもするように気軽に話題に取り入れると、親近感がわくと思います。人の魅力が興味のきっかけとなるでしょう。お相撲さんはまずあの特異な風俗が敬遠されますが、チョンマゲもマワシも恐るるに足らず、中身はみんな同時代のアンチャンだよーんと強調しましょう。

（「週刊朝日」）

お粥で握り鮨

私生まれも育ちもお江戸は神田です。ところが主人は生粋の京都人。故あって一緒になりましたが、世に言う「東男（あずまおとこ）に京女」の逆さま。たとえばゴキブリが出現したら、私も一応は女なので「キャー」と主人に助けを求めますが、気がつくと追いつめ、昇天させているのはいつも私め。夫婦ゲンカで最初にシッパタくのも私め。主人を江戸の鯔背（いなせ）な男のようにスカッとさせたい。これが私の望みです。江戸研究の日向子先生によきアドバイスをお願いします。

（高槻・江戸っ子・34歳）

江戸ッ子だってねえ。神田の生まれよォ。う〜ん、どーも、このフレーズには弱いねえ。御当地贔屓丸出しのゴジラ。

「東女に京男」、カレーライスをライスカレーと呼ぶようなもんじゃあねえっすか。

ゴキブリを昇天させようが、亭主をシッパタこうが、そのままでナカナカいいコンビだと思いますが、ヤッパシ、スカッとイナセにさせたいですか。こりゃあ、お粥で握り鮨を作れっていう位のワガママですがヤッてみましょう。

まず、ご飯を硬めに炊きます。おかずはモチロン納豆。大きめの茶碗にてんこ盛り（お箸も太め長めが良いでしょう）、そこへ、納豆を豪快にぶっかけ、ぐにぐにぐにと攪拌して、ざくざくざくとかっこみます。それから、お風呂を熱めにします。四五度はほしいところですが、最低でも四三度以下にはならないように沸かして下さい。決して、うめさせてはなりません。タオルは撤去してヘチマタワシを置きます。そして、薄着にします。急に薄着にすると風邪をひく危険がありますから、徐々に慣れさせます。最終的には、真冬でも、肌着、股引き、コートなしの状態、ハイソックス、マフラー、手袋なんぞは言語道断です。てんこ盛りの納豆飯を、粘つく糸をものともせずにスカッ食べられるようになることは基本です。熱い湯は、動作を機敏にします。ぬる湯にゆったり浸かってたんじゃあ「てやんでいべらぼうめえ」のテンポが身に付きません。薄着だと寒いので、十分かかる道程も、小走りで七分で踏破するようになります。

これらがクリア出来るようになれば、江戸ッ子だってねえ、京都の生まれよォ、も夢ではありません。キビキビシャキシャキアラヨットスットコドッコイの気性はこういう日常の積み重ねによって、形成されるのですが、本来の江戸ッ子にしても、オカミサンの方がシッカリドッシリ構えてるもんですから、ヤッパシ、ゴキブリを昇天させたりヤドロクをシッパタイたりするんです。うむ、ジョワッ。

（「週刊朝日」）

シャブリ女

なにを隠そう、私は魚の骨およびその周辺部がダーイ好きです！　タイのかぶと煮き、アナゴの骨のから揚げ、カレイの縁側、サンマ、イワシの骨もカリカリに焼いて食べてしまいます。少しでも食べられる部分を残されたら、さぞかしお魚さんが口惜しいだろうと思ってしまう。ところで、将来結婚すると思うんですが、新婚のいつごろから魚の骨をしゃぶり、相手の男性の残した骨をねだっていいでしょうか。

（広島・ぼて猫・31歳）

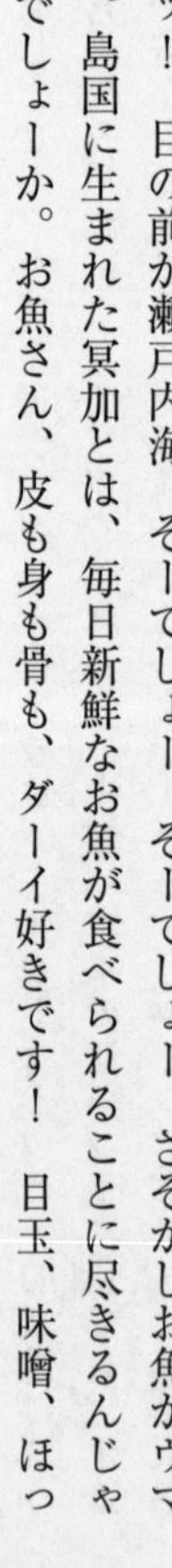

広島ッ！　目の前が瀬戸内海、そーでしょー、そーでしょー、さぞかしお魚がウマかろう。島国に生まれた冥加とは、毎日新鮮なお魚が食べられることに尽きるんじゃあないでしょーか。お魚さん、皮も身も骨も、ダーイ好きです！　目玉、味噌、ほっ

ぺた、唇、肝、白子、腹子、鰭、骨、う〜ん、おいしいっ。わかるなあ、じゅるりっ、金印ガメラ。

骨と皮の周辺部って、イケルんですよねー。骨と皮、カリカリに焼いて、燗酒を注いで、骨酒、寒い晩などコタエられません。ぼて猫さん、ぜひ差し向かいで、しみじみと「骨まで食い尽くしの宴」をやりたいですねー。出張版「お座敷ウル人」てのどうかなあ。「差し向かいでご相談にノリます」ってのオツなもんじゃありませんか。

広い海川から、遠路はるばる、我が食膳においでになったお魚さん、こんにちは。これも、前世からのご縁でありましょう。南無、迷わず成仏、さよう、無駄なくおいしく食べるのが何よりの供養です。ありがたや、ありがたや。さて、「新婚のいつごろから」などと、おっしゃらずに、デート中から、カリカリのしゃぶりしゃぶりを披露してしまいましょう。ただし、モジモジせずに、あくまでも自信をもって、優雅に食べ尽くして下さい。「魚好き」の、板に付いた鮮やかな箸さばきは、必ずや相手を感嘆させ、尊敬の念を抱かせるに足るでありましょう。そして「ゲッ、こいつ猫又じゃねえだろうか」と、ビビルような殿御では、先々の共同生活が危ぶまれます。

「食の嗜好の相性」は、真剣に重要な問題です。「相手の男性の残した骨をねだ」る一件ですが、もしかすると、相手の男性もカリカリのしゃぶりしゃぶり派かもしれません。サスレバ、ねだるタノシミはなくなる訳ですが、新婚さんが、仲良くカリしゃぶりしている食卓なんてのは良いですよ。そういう家に生まれる子供も勿論カリしゃぶりで、これより以降は、美しき伝統のお家芸の領域に達します。ゼヒとも、そこまで極めて戴きたいものです。ジョワッ。

（「週刊朝日」）

江戸人の流儀

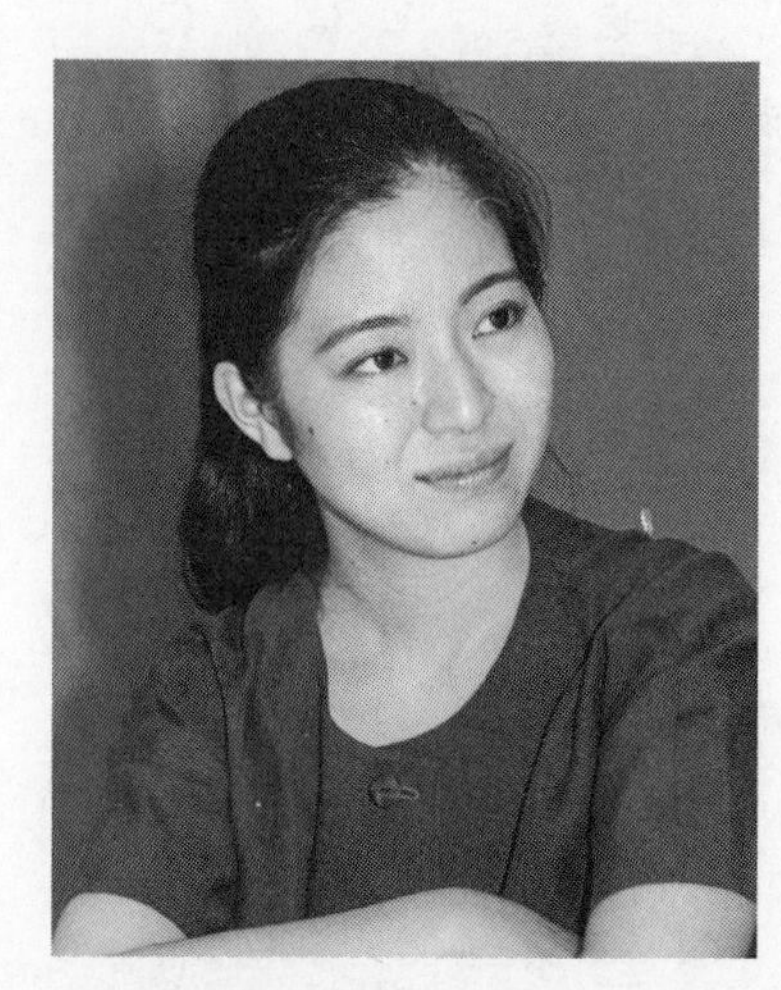

江戸と私の怪しいカンケー

「江戸のどこに魅(ひ)かれましたか」の質問には、いつも四苦八苦します。自分でもよくわからないところに魅かれているというのが、正直な答えで、よくわかってしまえば、魅かれることも、なくなってしまうように思うのです。

先日、テレビで、朝潮関のフィアンセとなった可憐なお嬢さんが、記者から何度も「大関のどこに魅かれましたか」と聞かれ、少し首を傾け、困ったような笑顔を見せながら、言葉を選んでいらっしゃる様子が、とても印象深かったです。

これさえ出せば、誰もが納得の行く、「水戸黄門の印籠」のようなセリフがあれば良いのですが、とはいえ、それでは商品宣伝のコピーのようで、やっぱり後ろめたい感じがすると思います。

結局、いつも行きあたりばったりの照れ笑いで出まかせをくっちゃべり、夕食を食べ終わって、お茶でも飲むころ「あーあ」とタメ息が出てしまいます。——そんなんじゃないけど、まあ、いいかぁ。……なんだか、行くつもりだった場所がわからなくなってウロウロして帰ってきたような、無駄な疲労感が、足元からじーんと上ってきます。

このもどかしさが、ずうっと続くのかと思うと、なんで江戸なんかに関わっちゃったんだろうと因縁を感じずにはいられません。

などと字を連ねると、シブイ顔でホオづえをついて中空を見るともなくながめている姿が浮かんできそうですが、当人は堅焼きせんべい片手に、部屋中にショウ油の匂いをまき散らしながら、あぐらをかき、時々テレビを見つつ、原稿を書いているんです。机の上にはケシゴムカスとセンベイカスが渾然一体となっています。寝たあとにゴキブリが食べに来るんだろうなぁとか、脳天にひびくせんべいの音を削岩機のようだとか、歯の圧力は何キログラムくらいあるんだろうとか、ロクなこたァ考えません。さてと。ともあれ、コレしか取り柄がないのですから、江戸の話などを、少し、書くことにします。

私が「江戸」と言った場合、江戸時代の江戸という町を指しています。そして、それは、おおむね十八世紀以降、つまり浅間山の大噴火とか、天明のききんとか、田沼ワイロ政治とかのころから、幕末・明治までの期間になります。

ここでまた「なぜ」などと聞かないでください。たぶん縁があったのでしょう。ソウとしか思えません。

私のイメージの中の「江戸」と、実際に百年二百年前には存在した「江戸」との間に、どれほどのへだたりがあるかは、わかりません。ただ、イメージというには、あまりに明確に、細部までを感じることができるのです。たとえば、ずっと住んでいたことのある土地を思い出すような感覚に似ていて、教科書とかの歴史とは別物です。

——講釈師 見て来たような 嘘をつき、という川柳があります。このテかもしれません。自分では、モチロン、ウソとか創作とか思ってないわけなんですが。

それで、人と江戸の話をしているときに「それはまったくそのとおりです」とか「いいえ、ちがいます」とか、キッパリ言い切ってしまうことがあり、相手の方はチョットびっくりして、そんなときは、お互いエッという感じで目線などが合ったりしまして、ヒジョーにバツの悪い思いをします。

この妙な自信のようなものは、自分でも気持ち悪いくらいです。

仕事場の壁には、安政六年の江戸大絵図がバーンと貼ってあります。これは「別冊太陽」のフロクなんですが、トテモ気に入っていて、毎日ながめています。なんだか、ランドサットで撮った江戸の市街図のようで、どんどん拡大していけば、町並が見えてくるような気がします。そんなふうにして、よく江戸絵図の上で散歩をします。

散歩といえば、最近、実生活においても散歩に開眼をしまして、歩く速度が身についてから、なおのこと、江戸が身近に感じられるようになったみたいです。

では、江戸絵図の散歩、ひとつご案内申しましょう。

折も折ですから、風流に虫でも聴きに行きますか。

スタートは基本で日本橋。場所は向島が良ござんしょう。

日本橋から猪牙舟（ちょきぶね）で大川（隅田川）へ出て新大橋、両国橋と上ってもらって吾妻橋の東岸で降ります。ここからはブラブラ歩きとまいりましょう。

え、右手の立派なヘイはお寺か？　イエ、お大名の下屋敷です。この辺は風雅な地ですから……ごらんなさい、先の黒い煙、火事なもんですか、瓦を焼いてんです。つうーっと上った煙が、途中で横へ折れるところを見ると、あの辺が天井でしょうかねえ。

ホラこの小さな橋、すぐ先にも同じように並んでるでしょう。二つ枕を並べたようだてえんで、枕橋、色っぽいじゃねえですか。

先のお屋敷、あれ、あの黒い森が全部ソウですよ、あれが水戸様のお屋敷。豪勢なもんですな。

さ、土手へあがりましょう。川風がじつに爽やかだ。向うッ岸の大屋根と五重の塔、浅草の観音さん、言われなくたッてわかってる？　その左手奥にずーっと棟が行儀良く並んでる、屋根に天水桶が乗って……桶の横っちょの房楊子（ふさようじ）みたいなのはホウキですよ、ソレがどうしたって、あすこが吉原でさあ。ハハッ、飛んで行きたい？　まずまず、またの機会に。

左、土手下の赤い鳥居、歌舞伎（しばい）によく出る三囲（みめぐり）稲荷、この先に長命寺さん。桜餅？　さすがご存じで。

さあ、パッとひらけました。田んぼばかりだ？　コウして重く穂をたれた稲は見るだけでも縁起のいいもんで。左側、おもしろい木が色々あります。こいつァみんな植木屋ので、このあたりゃ植木屋の町でさあ。

ああ、白鬚（しらひげ）さんが見えてきた。あのこんもりしたとこです、疲れましたか、そこを右に折れりゃじきです。

やれやれ、着きました、新梅屋敷。梅屋敷ったって、そればかりじゃありません。四季百花の楽しみがあるというので百花園とも呼びならわしてます。

どうです、秋の七草が、薄紫の宵に映えて、オツなものでござります。

え？　少しだまって、虫の声で一献（いっこん）……名案ですな、では、ひとつ…………

……………………（この間虫の声）……………なにか落し物ですか、なにをソワソワモソモソと……蚊がひどい？　そりゃまあ、もともと蚊の住家に私共があがり込んでる訳ですから仕方ありません。またこの蚊てえ奴は、不思議と酒が好きで、一杯やってると、多勢連れ立って来るもんです。え？　風流とはカユイもんだ？　まったくで……どうです、帰りに広小路で鴨でもつつきながら、ナニちょいと喰わせる店があるんです。はじめからそっちが良かった？　それは言いっこなしでさあ。

と、ここで顔見合わせてアッハッハッと高笑いしてしまうと「伝七捕物帖」か「桃太郎侍」になってしまうので、二人、腕や首すじをポリポリとかきながら歩き出す、と行きたいですね。

なお、この江戸弁は正確ではありません。

（一九八五・九　「銀座百点」）

江戸の楽しみ

「百万円はかかるもんね」と友人がポツリと言います。

彼女は学生の頃から、トーマス・マンに心酔していて、「ぜったい行くんだ、ドイツに行くまでは死ねないッ‼」と決意しているのです。もちろん暮のボーナスの一部も〈ドイツ貯金〉に加えるつもりです。

「お金ってたまらないわね」

とため息をつきますが、彼女の夢は着々と現実に近づいているのです。

「あたしだって行きたいところがある」

「あんたのはしょーもない」と彼女はグラスをあけ、

「ホントにしょーもない」と私は天井を見つめます。

けれども、心底、春町や京伝そして英泉(えいせん)や国芳の住んだ江戸の町に行きたいと思うのです。

「僕は一面非常に西洋崇拝のハイカラだけれども一面は頗る保守的な処があるのだよ。此の保守的と言うのは即江戸式天明振りの若旦那思想と言うのかも知れないさ。僕は洋服のハイカラ姿を好むと同時に前掛に煙草入雪駄チャラ〳〵と言う姿を忘れる事が出来ないのさ」

これは明治三十七年四月二十六日、永井荷風が生田葵山にあてた書簡のうちの一節です。

私はよく人から、「あなたは、オヨソ生活臭っていうものがなくって、まるで昔の若旦那のようだね」と言われます。また、自身「あー天明の頃の大店の若旦那に生まれたかったなあ」と、ことあるごとにもらしています。そして、現代の最先端の技術あるいは文化にも並々ならぬ関心があり、何より、新製品のニュースが大好きです。

こういう具合ですから、右の荷風の一文などには、深い共感をおぼえます。

――が、江戸趣味に耽溺する荷風の姿には、たまらなく「痛み」を感じます。

今現在を生きている私は、江戸とは隔世の世代です。維新、震災、そして戦災を経た東京に住み、江戸を経験した人との接触を持ちえない時代に生まれました。

荷風の、あるいは戦災前の東京を知る世代の江戸への想いに「痛み」が伴うのは、江戸がまだ身近にあったからこそだと思います。

私は「江戸」が好きでたまらず、毎日「江戸」を想って暮らしていますが、それは、友人がトーマス・マンのドイツを想い暮らすのと同じ〈しあわせな関係〉です。たとえば、戯作や浮世絵は庶民の反権力的情念のあらわれだといわれています。が、私はそれらを、アイロニイとかニヒリズムとかから、すこうし離して、もっと「おもしろがりたい」「うれしがりたい」と思っています。

卑近な愛すべき江戸に触れたいと思っています。

荷風は「終末の美」を愛しました。そこにあるのは、デカダンスとダンディズムです。

隔世の私は、江戸に、おおらかさ、したたかさを求めています。

「歌よみは下手（へた）こそよけれあめつちの動き出（いだ）してたまるものかは」と言い、「月見てもさらに悲しくなかりけり世界の人の秋と思えば」と言う江戸人のエネルギッシュな生の肯定に、歓声をあげたくなる程のうれしさを感じます。

屈折した〈冷笑〉ではなく、屈託のない〈笑い〉を求めています。

多少なりとも江戸の〈尻尾〉を持って生まれた前世代の人々によって、今現在私たちが接する「江戸」が示されています。

が、これからの私たちが、想い、描いていく「江戸」は、それとは別の、先入観のない、まッ白な気持ちで感じた江戸であるはずです。

また、そうでなくてはならないと思っています。

今江戸は私たちにとって、新鮮なおどろきと、魅力的な面白さを提供してくれます。それらは、近代が置きざりにしてきた、本来、継承されるべき遺産です。江戸の文物に触れる時、普段あまり使う事のない部分の感性が働き、うれしがるのがわかります。かゆいところをさわられる、あの感じです。

これは、まさしく「わたしたちのもの」です。「思想」から「日常」へ、「ペシミズム」から「オプティミズム」へ、そして、「痛み」から「楽しみ」へ、江戸と私たちの接点は、そろそろそういった関係にさしかかっているように思うのです。

（一九八四・二「歴史読本」）

江戸のおんな

「江戸のおんな」というのは、江戸時代の女ということではなく江戸っ子の女の話です。江戸っ子の女房、あるいは江戸より東のほうの女性と上方系の女性とがだいぶ違うために、上方の女性に対して「江戸のおんな」と呼んでいます。

わかりやすい例でいいますと、上方では、女性を褒めるときに、〝はんなりとした〟と褒めるのですが、はんなりとした、というのは、柔らかな、あでやかな、女性らしい華やかさのある、どちらかといえば、優しい感じのする言葉ですが、江戸で女性を褒めるときには、〝小股の切れ上がった〟という言い方をします。はんなりとは全く違うあり方で、しゃきしゃきとした男勝りの、という意味合いも含まれています。はんなりとしているということは、小股は切れ上がっていないわけであって、全く相容れないのです。

言葉遣いも全く違います。上方のおっとりとした、やんわりとした言い回しに対して、江戸では、娘さんも男言葉を使っていて、「ちょっと見ねえ」、「とっとと歩みねえ」、「つまらねえだにょ」だとか、「おさらばえ」といった言い方をするのです。

また、上方では、重ねていくことが美しい。お化粧でいえば、おしろいを塗って、紅を差して、眉を描くというふうに重ねていく。髪も、一分の隙もなく結い上げるというやり方をします。一方、江戸では、糠袋（ぬかぶくろ）で磨き上げたような素肌の美しさを自慢として、髪もこてこてと結い上げず、いちばん粋とされたのが洗い髪を黄楊（つげ）の櫛でくるくると巻いただけの姿です。しかも湯上がりの浴衣姿が粋なのです。上方では鼈甲（べっこう）の櫛が珍重されましたけれども、江戸では黄楊の櫛でした。浴衣姿というのは、上方の友禅と比べるとTシャツ感覚です。ほとんど下着のようなものです。ほんとうに上方とは対極にある美意識だと思います。

そういうことから江戸の女の実態はどういったところにあるのか、というのを江戸の古川柳から、男女関係に関する句をひいて見てみたいと思います。

では、江戸中期から後期にかけて、宝暦以降の江戸の古川柳を見ていきます。

手を組んで反らせる娘できるなり

前のほうで手を組んで反らせる娘のコケティッシュなポーズをかわいいな、と見ている句なのですが、こういうポーズを上方の女の子はあまりしなかったようです。「できるなり」というのは、面白い恋ができる、面白いガールフレンドになり得る素質のある娘だということです。十二、三歳の恋の道の前の段階の娘ですが、いい娘になるだろう、と予測している句です。

涼みたがるは虫付いた娘なり

二番目も小娘を詠んだ句です。夕涼みというものを夏にしますが、「夕涼みよくぞ男と生まれたり」という句がありまして、男の子はたいていふんどし一丁で涼んでいます。そういう所に行きたがるのは、「虫付いた娘」、つまり恋の経験がある娘だということで、江戸の娘の早熟さ加減を詠んでいます。

上方では、男の子が十九歳ぐらい、女の子が十七歳ぐらいで恋の道に落ちるというのが大体の相場なのですが、江戸では、本当に早熟だったようで、十四、五の盛りには四、五人のボーイフレンドがいるというような状態でした。だから、十三歳ぐらいが恋の初めという感じで、上方から見ると、四歳ぐらい早かったようです。上方では、『お半長右衛門』のお半を十四のおぼこ娘というふうに、恋をするには若いという非常にまれな例として取り上げているのに対して、江戸っ子は、そんなのは珍しくもないという解釈をしていたようです。

このごろの娘の偏はけものなり

つまり、娘の女偏をけものに変えると狼になってしまうわけで、最近の江戸の娘っ子は狼である、と男の人が驚嘆している句です。送り狼という言葉がありますが、江戸では、女の子のほうが積極的にボーイ・ハントをして、しかもおそいかかりでもしそうな物騒な娘が多かったようです。

そういった江戸中期の江戸の市井の風俗が、上方やほかの地方から比べて非常に乱れているということが、いろいろな随筆に書かれております。有名なところでは、『世事見聞録』という年寄りの愚痴ばかりを書いたような本がありまして、このごろの江戸の娘は、人前で大の男が顔を赤らめるようなことを平気で口にする、と憤慨していますが、それはきっとこういった狼娘のことだろうと思います。

癇癪(かんしゃく)のように目をする色娘

これも非常に江戸らしい句です。江戸中期以降の江戸の町中では、色という言葉を盛んに使うのですが、上方では、色とはあまり言わなかったようです。色に当たるものが上方では恋なのです。恋は、一途に一人の人を思い詰めて燃えていくような人の情ですが、色は、必ずしも一人とは限らず、不特定多数の恋愛をいいます。恋とは全く違います。恋は命懸けというのに対して、色はその日の出来心という程度の色恋ゲームなのです。命懸けには決してならないのが色事です。相手を振り向かせるまでの、すれすれのところで男女が遊ぶ駆引きをするというのが江戸の特徴でして、振り向いてしまえば次の相手へと代わってしまうのです。振り向いてから濃密な時間のある恋とはだいぶ違います。

女性や男性を褒めるときにも、色娘、色男というふうに色が付くことによって、いい女、いい男という表現にもなります。色娘というのは、必ずしも見目よき女子ではないのです。上方では、いい娘の条件に、見目よき女子なりけり、といって、顔立ちがよいこと、姿がよいことが第一条件として挙げられています。人形のような、無垢の美をたたえていまして、女は、ものをあまり知らないほうがかわいい、と上方の男性は捉えていたようです。おいおい自分好みの女にしつけていくことが必要なのであって、最初は白無地であったほうがよいという意識が強かったようです。『マイ・フエア・レディ』が男性の理想なのでしょうが、それに対して江戸の色娘には顔がよくなくても、何となく色っぽいね、という言い方ができる。マイナス要因となり得るものが色気と捉えられがちなのです。

たとえば、やぶにらみの目をしている、受け口である、ほくろがある、あるいは少し猫背であるなどが色っぽいと感ずるのであって、見目よき女子なりけり、とは全く違う価値観があります。四番目の、癇癪のように目をする、というのは、まさにヒステリックな目つきをする娘を色っぽいな、かわいいな、といっている、上方にはあり得ない句です。

これまでの句を見てもわかるのですが、上方のおぼこ娘、純真無垢に対して、江戸は、どちらかというと、フランスのコケティッシュに近い蠱惑(こわく)的な女の子を好んでいた節があります。婀娜(あだ)っぽい、というのは、敵をなす、という意味にも通じておりまして、男を堕落させてしまうような、あるいは窮地に立たせてしまうような女の子にぞくぞくするという江戸の男性の、どちらかというと、マゾヒスティックな一面がうかがえると思います。

色娘面白いくをして太り

色娘がまた出てきます。面白いくというのは、もちろん色事のことです。しかも、くが入りますから複数の色事があるのです。太り、というのは、実際に太ってしまったということではなくて、妊娠をしたということです。

妊娠をして父親がわからないという例は随分多かったようなのですが、それで娘に傷が付いたとか、不謹慎であるという捉え方はあまりなくて、そのまま家で育ててしまうか、あるいは養子に出してしまうなどと、少女の妊娠に対してわりと楽天的な受け入れ態勢があったようです。関西では、こういったアバウトなことは、あまり目にしたことがないのですが、江戸では、未婚の女性の出産、あるいは妊娠が盛んに取り上げられております。

目をぱちぱちで誘い出す憎いこと

女の子がウインクで男の子を誘い出しているのです。憎いことといっていますが、魅力のすごさに降参だと、完全に圧倒されている状態なのです。男の子が女の子を誘うのはおこがましいという感じで、女の子がリードをしています。

馬鹿らしいいやよと暗いほうへ逃げ

馬鹿らしい、いやよ、と口では言っているのですが、結局、暗いほうへ誘い込んでいるわけですから、かなりのやり手だという感じがします。

八番目は息子側の句になります。川柳に出てくる息子といいますのは、男の子ということだけではなく、かなりの資産家の子息という意味が含まれます。貧乏人の息子というのはあまりなくて、お小遣いがままになるような、親が金持ちの男の子を息子といいます。

手習いの世話がやんだら女郎買い

読み書きの手習いが終わったら、次は女郎で色事の手習いをするという句です。世間的にも、女郎買いは認知されています。特に息子株といわれるような大店のご子息は、女郎買いぐらいできないようでは商いの切っ先が鈍るというふうにいって、そのぐらい世情にたけていなければ、生き馬の目を抜くような江戸のメイン・ストリートでの商いはできないという認識があったようです。いまからはとても考えられないような世相です。

次は、女郎買いの手習いしている様子です。

傾城にはつねられ親父にはぶたれ

傾城というのは高級遊女のことです。城を傾けるぐらいの美貌の女性であるということで、傾城と書けば、吉原のおいらんに相場が決まっています。傾城と書いて岡場所の女郎ということはあまりありません。

おいらんの愛想の第一につねるという所作がありました。息子が吉原で女郎買いの手習いをしていて、おいらんにつねられ紫のあざをこしらえて帰ってくるというのは、もてた証拠で、よくやった、と友達や何かに褒められるような非常に果報なことなのです。江戸の女郎は、つねったり、引っかいたり、噛みついたりというサディスティックなサービスを専らしていたようです。それをされるのがうれしくて通うのです。おいらんにつねられて朝帰りしたら、親父に、適当なところで帰ってこい、とぶたれてしまう。朝帰りも、昨日行って朝帰ったという朝帰りではなくて、多分連泊をしたのだろうと思います。居続けをして、折角紫のあざをこしらえて帰ってきたのに、親父に大目玉を食らってしまったという句です。

息子の不得手地女と孔子なり

孔子は、「子曰く」、で学問のことです。子曰く、の学問が苦手な息子は非常に多かったのですが、地女も同じように息子の苦手でした。地女といいますのは傾城の逆で、素人の女の子です。傾城に手取り足取り色事の手ほどきを受けているのですが、地女、つまり素人の女の子は狼娘ですから、頼りない息子などなかなか相手にしてくれません。息子の思うようになる相手でもなく、てこずっているという句です。

次もなかなか江戸らしい句だと思います。

親父のは息子の買った妹なり

吉原で親子して遊んでいるという句です。親父の買ったのが息子の相方の妹であるというのですが、実際の妹ではなくて、妹女郎です。これは川柳の常套句で、息子は年上のおいらんに手ほどきを受ける。親父は新造買いといって、若い、振袖を着ているような女郎を買う。これは、わりとお決まりのことになっています。

昨日は青楼今日は座敷牢

これは、あまり手ほどきが過ぎると、こういう事態になってしまうという句です。青楼というのは、中国でいうところの吉原のような所です。しかも、上等な所です。昨日は吉原で、今日はいい月だな、とおいらんと差しつ差されつ酒を飲んでいた身分が、今日は座敷牢の中に押し込められてウンウンうなっている。社会勉強のために行くぐらいならいいのですが、家、蔵をつぶすようになるほど入れ込んでしまっては、親父としても困るわけです。

息子を座敷牢に入れる役目をするのは俗物という者です。

俗物が寄って息子を牢に入れ

俗物というのは、大店ですべてを切り盛りしている大番頭のことです。大番頭はやぼでなければ務まらないといいますが、やぼが経済を支えている、あるいは、やぼがものを生産する力を持っているというふうにかなりの誇りを持ってやぼに甘んじています。大番頭が俗物ということなのですが、俗物は、日本には欠かせぬ大事な人です。番頭さんは、小僧からたたき上げで苦労してこの地位に登り詰めた人が多いですから、粋だの何だのといっている息子から見れば、俗物ということになるのでしょうが、これは悪口とは言えないと思います。

後の月生きたいわしで飲んでいる

先ほどと同じように、昨日と今日が打って変わって違うという息子の句です。つまり、前のお月見のときには、青楼にいて、おいらんと月を見ていた。後の月には、生きたいわしで飲んでいるのです。生きたいわしというのは、江戸では、なかなか口に入りませんし、また江戸っ子が酒の肴にするようなものでもありませんでした。これは何を意味するかというと、息子が千葉の銚子に勘当になってしまったということなのです。江戸の息子が勘当になる先は、決まって千葉の銚子でした。業を煮やした親父が息子を千葉の銚子の漁師に預けて、地引網を引かせるような若い衆に使ってもらうわけです。潮風にもまれて、また漁師たちに交じって地引網を引くうちに男らしい男につくり替えられるのではないかという期待を持って放り込むのです。しかし、それで直るような息子は少なかったようで、そのときは反省しても、帰ってきてまた同じことを繰り返すというケースが非常に多いように書いてあります。

こんどは夫婦の句です。めでたくめおとになってからの男女の関係です。これも江戸らしいな、という私の好きな句なのですが、

女房の影身に添って戯け者

この戯け者というのは、女房の影身に添っているような亭主は戯けである、とそしっている句というふうに読んでしまっては、あまりにも表面的なのです。戯け者とい

うのは、江戸の男にとっては祝福の言葉です。

江戸っ子は結婚難でして、男性はなかなか結婚できなかったのだそうですが、結婚しますと、仲間からやっかまれて、戯け者などと、いろいろな罵声を浴びせられるのです。その罵声は、やきもちの入り交じった祝福の裏返しなのです。自分も影身に添いたいのですが、添えなかった連中からの祝福の言葉ということでこういう句が出来ています。

馬鹿亭主うちの戸棚が開けられず

これも好きな句で、落語さながらの情景です。この亭主が何でうちの戸棚が開けられないのかというと、戸棚を開けると間男が出てきてしまうからなのです。間男が出てきてしまうと、亭主の面子というものがありますから、何か決定を下さなければいけないわけです。でも、折角手に入れた女房を離縁するのはとても惜しいので、ここは見て見ぬふりをして、開けないほうが身のためである、と思っているのです。戸棚に間男がいるのは薄々感づいてはいるのですが、開けられないという句です。

次も馬鹿亭主の句ですが、

こびついていると女房機嫌なり

かかあ天下の江戸の様子が目に浮かぶような句です。

間男をするよと女房強意見

亭主が何か不都合なことをすると、「間男しちまうよ。いいのかい」と脅迫をするのです。夫婦生活も圧倒的に女性上位に営まれていたという一例です。

次のはもうちょっとかわいいのですが、

二日寝て女房遺恨晴らすなり

亭主が女郎買いにでも行ってしまったのでしょう。帰ってくると、かかあは二日間ごろごろ寝ていて、炊事も何も全くしないというかわいい反抗の仕方だと思います。

惜しいこと色を亭主にしてしまい

女房が間男を実際にしてしまったのです。それで、色事の相手のほうがいいというので、亭主を出してしまった。間男を次の亭主に据え直してしまったわけです。ところが亭主にしたら、つまらなくなってしまった、色は色のままであったほうが面白かった、と後悔しているのです。
次も面白い句だと思います。

間男が抱くと泣きやむ気の毒さ

この間男は、自分の亭主の友達か何かで、よく訪ねて来るような人なのです。亭主は、自分の友達が間男だとは気づいていないか、あるいは最前のように、気づいていても気づかないふりをしているかのどちらかだと思います。赤ちゃんが火の付いたように泣いている。そこにふらっと来た友達が抱き上げたら、ピタッと泣きやんでしまった。つまり、父親は、ほんとうは友達のほうだというのです。そういうスリリングな夫婦関係を詠んだ句です。

死なぬうちから女房は人のもの

結婚難ということもありまして、もし俺が死んだら女房のことを頼む、というふうに後のことを託す亭主族が多かったようです。自分の信頼のおける友人などにそのように言っておくわけです。でも、亭主がいるうちから女房は男をつくっていますから、死なぬうちから次の男がずらりと順番待ちをしているという句です。

四つにすべきを黄なるもの五つにし

これは、浮気の現場を取り押さえると二人を重ねておいて四つにする、つまり上半身と下半身を切り離してしまうということが行われていたということなのですが、それを現在では、黄なるもの五つにしているという句です。「黄なるもの五つ」とは、小判が五つという意味です。つまり、間男代が五両であるというのです。間男代というのは、当初は、首代として十両払っていたのだそうです。ところが、上方のほうからダンピングが起こってきまして、すぐに七両二分ぐらいに落ちます。そこで、江戸でも七両二分に落ちるのですが、江戸が七両二分に落ち着いたときに、上方ではすでに五両になってしまいます。それで、江戸でも幕末近くに五両という相場になっています。

音高しお騒ぎあるなはい五両

音高しお騒ぎあるな、という言葉遣いから、この間男が武士であるということがわかります。この人は、懐にあらかじめ五両の紙包を入れておいて、それから事に及んでいるわけです。そこに亭主がいつ帰ってきても、紙包を落ち着きはらって出すだけのことで、ものを買うようで道義に反するといった道徳的な罪悪感もないようです。こういった値の高い色事だと思うのですが、結構頻繁に起きていたことのようです。こういったことで、江戸の女性の生態がおぼろげながらもわかると思います。

次に、視覚的に見て、江戸の女性にはどういう特徴があったかですが、「江戸の美女時代別四タイプ」について話したいと思います。

江戸の美女というと、喜多川歌麿の浮世絵のイメージが強いと思います。歌麿の美人画の、ぽってりとしてふくよかな、というイメージがあるのですが、実は時代別に随分流行の変遷があって、江戸の二百六十年間にずっと歌麿型美人が闊歩していたというわけではなく、かなり早いサイクルで美女のはやりが変わっていっています。

四タイプありますが、全部江戸中期以降の女の子たちです。江戸の中期以前はどうだったかというと、やはり上方的な価値観に支配されていまして、お人形さんのようにきれいな女の子がいい、と思われていた節があります。江戸中期以降、江戸が都市として確立し、江戸文化らしいものがどんどん出てきたときに、江戸型美人が上方に対抗して出来てきたようです。自意識があり、男をてこずらせるような女が出てくるのですが、この四タイプともがそうです。

時代の早いものからいって、まず、春信型美人についてです。笠森お仙という有名な茶屋娘がいまして、それを鈴木春信が浮世絵にしたのが大ヒットするのですが、笠森お仙の顔がこの時代の美人であったかというと、そこはよくわかりません。春信の描く女性はみんな同じ顔をしていますので、どれがお仙でお仙でないかという見分けはほとんどつき得ません。

少女型美人で、着せ替え人形のリカちゃんのような平板な体つきをしています。目は夢みる瞳で、人工的なアイドルの表情で少しほほえんでいるような感じなのですが、実は無表情なのです。頭が大きくて、七頭身ぐらいです。五頭身ぐらいに描かれているのもあって、頭の大きい、幼児的な体型をしております。手足はあくまで細くて、抱き締めれば、折れそうにひ弱なのです。ロマンチックで、非現実的な妖精を思わせます。幼児型体型で、その頼りなさから万人に愛される素地を持ちますが、一歩間違えれば、ロリータ・コンプレックスの標的になりかねないという感じがします。

春信に特徴的なのは手の指です。細く、関節がなくて、グニャグニャのスパゲッティを五本並べたようなパスタ状の指をしています。爪がありません。手足はうどん状で、やはりグニャグニャしていて、関節といったものがあまり感じられないような描かれ方をしています。胴体は、薄くて平板で、短冊状のパスタのようです。全体的にパスタ型のアイドルであるということが言えると思います。この美女が出てきた明和ぐらいの江戸というのは、江戸全体が高度成長期で、上方に追いつけ、追い越せといって頑張っているときだったのです。男性がわりと強くて、父権がきちんと確立されていて、父親が家長として君臨している世相です。そういう父親が強い時代には、かよわき少女タイプがもてはやされるように思います。

二十年後には、清長型美人が出てきます。天明年間で、高度成長期から二十年たって、だいぶものが豊かになってきた時代です。生活水準が豊かになるにつれ、今度は何を求めるかというと、健康指向が上昇してきます。いわゆるヘルシー・アンド・フィットネスといった時代相になってきます。鳥居清長が描いたようなすらりとした、いかにも伸びやかに育ったという健康優良美女が登場します。春信の少女タイプと比べると、もう少し成長した娘、しかもスポーツ系の娘さんということで、モデル・タイプだと思います。十頭身ある美女を描いています。この当時の日本人がこんなプロポーションを持ち得たかというと非常に疑問なのですが、これが憧れの姿で、美しいと捉えられていたのだと思います。

現代でいうと、ビーチ・リゾートの宣伝ポスターの主役になるような女の子が清長型美人でしょう。指も細く、長くて、ハンドクリームとか指輪のコマーシャルに出てきそうなきれいな指を描いています。爪も描いてあります。非現実的な春信のスパゲッティのような指ではなく、手のタレントさんのようなきれいな指です。そして、手足も長い。全身がすっきりと、無駄な肉のない、洗練された体つきをしています。わりと引き締まっていて、どちらかというと、パスタ・タイプの春信に対して、レンコンとかニンジンとかゴボウといった根菜類の体型をしています。

さらに十年後には、また美人のタイプが変わり、歌麿型美人の体型、つまりかなりグラマラスになってくるのです。時代が豊かになってきて、家の中には、欲しいと思っているような製品が大体そろってしまったというときに、こういった豊満な美人が出てきます。七頭身から八頭身という実在し得るプロポーションの美人を歌麿が描き出しました。

体には凹凸があって、陰影のある女性らしい変化に富んだ曲線を持つ、存在感のある七頭身です。手足は、ふっくら、もちもちとして、適度な脂肪を感じます。豊穣の女神といった感じです。清長の娘タイプに比べて、かなり母性を意識した描き方をしています。先ほどから指を話題にしていますが、清長のモデル・タイプの指からむっちりとした指に変わっています。ウインナー・タイプです。歌麿は、ときに爪の甘皮まで繊細に描いています。歌麿の女性崇拝の姿勢をこの甘皮に非常に感じるのです。ヘルシー指向からフィジカル指向になり、肉体崇拝が随分感じられます。歌麿は、美人画の絵師では最高峰だと思います。歌麿の描く美女を見ていると、体温や肌のにおいまで感じられるぐらいに微に入り細をうがち描いています。理想からやや現実に下りてきて、人間本来の欲望を肯定したような個人主義も歌麿の美人には感じられます。最初のパスタ、それから根菜を経て、ハムやウインナーの肉類型が歌麿美人であると言えると思います。

世の中が安定してきて、次に何を求めるかというと、男性は、マザコンになってくるように思います。女性を崇拝する男性像が、歌麿の傾向を形づくっているのではないかと感じています。少女、娘と来て、今度は母親です。私たちは、四タイプのうち歌麿タイプの美人までは体験しているのではないでしょうか。昨今の豊満な体形をもつアイドルの登場というのは、まさに歌麿タイプをいま世の中が享受している。それだけテレビドラマで話題になった「冬彦さん」のような、マザコン・タイプの男性が増えつつあるのだと思うのです。

またさらに三十年後の、幕末タイプの美人は、これから出る可能性があるという美人です。歌川国貞や渓斎英泉は、これまでの三タイプとは全然つながりのない美人を描いています。急にアバンギャルドになるのです。アンニュイでエロチックな表情をしています。歌麿は、喜怒哀楽のはっきりとした豊かな表情を描いていましたが、幕末型美人は、神経質でヒステリックな感じの美女です。それから、体型が非常にアンバランスです。頭が春信のときよりもさらに大きくなって、特にあごがかなり目立つのです。頭が五頭身になっていて、胴長で短足です。女は胴長のほうが抱きよいというう言い方がされ、胴長が褒められています。そして、猪首で猫背、胸が平板で落ち込んでいます。歌麿であれだけ豊満だった胸が貧弱に落ち込んで、わずかに鳩胸である、といったぐらいの貧弱なバストになっています。下腹が出るという不健康な姿勢を取りがちです。手足は、干物のように硬い不格好な形に描かれていて、まるでたくあんのような感じがします。

それから、指は、むちむちとしてしずる感あふれる歌麿のウインナー・タイプから、こちらは足の指まで二十指全部がまむし指に描かれています。反り返っているのです。全部の爪が深爪に描かれていて、深爪があまり度を越しているがために爪の上に出ている指先の肉が盛り上がるという、非常に不思議な形に描かれています。

これはどういうわけなのか。結局、社会全体が進歩発展に迷いなく、上昇指向一辺倒のときには、こういった美女は出てこないはずなのです。幕末タイプは、コンプレックスの塊のような体形であり、顔立ちなのですが、これを持って生まれた個性的な魅力として、ほかの人が持ち得ない魅力として評価し出すのが、世紀末の退廃期にある価値観の逆転ということなのです。陰が陽になり、裏が表になり、そして醜が美になるという世紀末型の美意識がこういった美女を生んだのではないかと思います。いままでの三タイプを全部食品でたとえてきましたが、四タイプ目の幕末美人は、発酵型食品だといえます。熟成の末の腐敗一歩手前というような発酵型食品です。結局、納豆の粘ればこそよけれ、チーズの臭きが貴きというものを賞味する時代が幕末退廃期の美人に現れているのではないかと考えています。

これから私たちも世紀末を迎えるわけですが、このタイプの美女が今後登場するのかどうか。このタイプの美女が登場すると、世の中は変革期を迎えることになっていますので、登場に刮目(かつもく)していっていただきたいと思います。

（一九九五・十一『江戸東京学への招待1』ＮＨＫブックス）

粋とは何か

先日、ある雑誌で「現代の粋」について対談をしました。若い人たちの間で「粋」に対する関心が高まっており、様々なメディアで「粋とは何か」という特集が組まれているそうです。人々が、こんなにも「粋」を希求しているというのは、たぶん、現代には見いだしにくいものになっているからなのだと思います。

粋とは何か――粋の時代江戸へひき寄せて考えてみることにより、ヒントが得られそうです。

粋を上方ではスイ、江戸ではイキと読みます。違いを一口でいえば、スイは艶（ツヤ）、イキは色（イロ）であります。西鶴描くはスイ、春水描くはイキといえます。

さて、ここでこだわっているのはイキですが、粋（いき）の他に意気（いき）、好風（いき）という当て字があります。

意気は意気地、いさぎよさ、つまり物事に頓着せず、さっぱりとわだかまりのないです。

そして、粋とはきわだった有様をいいます。俗にあって俗に流れぬ超然とした状態をいいます。対する語として、尊大、傲慢などがあてはまります。嫌味のない、人好きのする状態です。対する語はキザ（気障）となります。

好風は字のごとく、よいふう、このもしいふうをいいます。

この三つに色気のエッセンスを加えると粋のできあがりです。

これら全て身をもって体現している人を「粋な御仁」というわけです。ちょっと斜に構えたスタイルを「粋だねえ」といいますが、これは間違った用法です。オツ（乙）な人はいても、粋な人というのは聖人君子ほどにも世にいないものです。

江戸の粋などというと、エキゾチックジャパンとかジャパネスクとかいう造語がまとわりつく昨今ですが、これは、どうも、日本人が自らいう言葉ではありません。

近代の日本は強くなる為に「脱亜入欧」を決意して、前世代〈江戸〉を全面否定する事から出発しました。そうして突っ走った結果が今現在の日本ですが、オカゲで、わたし等は明治以降の移植民のように〈身近な先祖の文化〉であるはずの江戸が、スクリーン上の西部劇と同様の距離に感じられるのです。

〈粋の美学〉は化政期（十八世紀）の江戸に完成しました。それは、日常倫理をも支配する概念であり、一点のクモリもない正確無比のモノサシです。これを持たないことには風土に埋もれている美は見えてきやしません。しょせん、エキゾチックジャパンでありジャパネスクだという外国人観光客の視点でしかないのです。粋になれるかなれないかは別として、粋がなんであるかくらいは知っておくべきだと思うのです。私達は日々情報の選択を迫られて生活していますが、そんな時こそ〈先祖のモノサシ〉が、似て非ざるものを見分ける〈伝家の宝刀〉となるのではないかとさえ思います。

（一九八五・十一「飛ぶ教室」）

無能の人々

な〜んにもしないでゴロゴロしていたいね。欲しい物とくにないし、人付き合い面倒だし、喧嘩ヤだし、いじめられたくもないし、曖昧に笑って、人生暇潰し、適当に宜候(ようそろ)、やり過ごせたら、いいのにね。

(ハイ、同感デス。デモ、ソンナ事言ッタラ叱ラレル世ノ中デス)

無能の人は泰平の逸民です。

上下引っ繰り返る、大掃除の動乱の世には、どこかに取り紛れて見失っているものの、世の中が静まり落ち着いて来ると、いつの間にか、隅っこの方に溜まっている、泰平のホコリとも言えます。

豆腐のオカラとか、野菜のセンイ、或は、蕎麦湯にも似ています。社会の中の必要悪、などという気障なものじゃなく、精製の過程で出て来ちゃったというような、泰平の副産物で、本来なら、無造作にペッと捨てられちゃっても文句の言えない立場なのだけれど、どういう風の吹き回しか、世間には可愛がってくれる人もある、そんなイメージが浮かびます。

私達は、敗戦後、せいぜい四十年そこらの泰平しか経験していませんが、江戸時代の泰平は、その六倍を越える、二百六十年ですから、当然その分、カスの出た量も多かったようです。蕎麦よりも蕎麦湯が愉しみな身には、江戸の、その、湯筒たっぷりの振る舞いに、思わず頬が緩みます。

カスのケッ作に、うの花、ファイブ・ミニなどがありますが、江戸の大量のカスは「粋（いき）」という、ヒット作を残しています。

粋は低出力の美学です。白粉を塗り、美服をまとい、宝石をちりばめる、バリバリにリキの入った、ガスイーターのキャデラック型満艦飾ではなくて、磨きあげた素顔に、渋好みの極致黒仕立て、ツール・ド・フランスのチャリンコ型美学です。その辺のゼロハンより役に立たなくても、かかるゼニコはベラボーです。実用外の贅沢、すなわち、「無用の贅」こそが、粋の本質です。

無用の贅。日常生活に少しも必要ではない暇潰しと、何の役にも立たない座興に溺れてひたすら消費する、これが、粋な人の生き方です。

その人生は、至上の無意味、究極の無目的に彩られる事となります。つまり、誰かの為になる、世間にうける等の「タメウケ」を一切排除した処にある、混じりっ気なしの、ピュアな虚無性です。

最も簡単な実践例は、金を湯水の様に使う、無駄な事に財を捨てる、いわゆる放蕩散財です。

落語の「愛宕山」では、浪速のお大尽が、京の愛宕山で、かわらけ投げ（素焼きの皿を、崖っ淵から谷間目指してフリスビーのように投げる余興）を、小判で投げて楽しんでいますが、あれは、多分に、同行した芸者衆や幇間(ほうかん)を意識した、ウケ狙いのパフォーマンスと見受けられます。やはり、そこはそれ、『世間胸算用』や『日本永代蔵』を著した西鶴を生んだ、上方なればこその、粋の限界点なのだろうと思います。

対する江戸前では、遊女の他愛ない嘘に、コロリと騙されて、金を巻き上げられ、果ては世間から同情の余地もなく、裸一貫乞食になるのが、上出来の、放蕩散財となります。

平和に慣れ切った人々は、幸福なボケの状態で、日々、酔生夢死、羽化しないサナギの夢に似た、恍惚を味わっていたのではないでしょうか。能天気に営々と続く泰平楽の祭りに浮かれ、ついに生の悩みから解き放たれた訳ですが、或は彼らは、生きる事に伴う痛みを意識しない程、死というものを、日常の内に取り込んでしまったように思われます。泰平の逸民とは、半分生きながら死んでいる、「カッポレを踊る死体の群」であったのかも知れません。

たぶん、こんな馬鹿げた世のアイドルは、生と死のテンションの高すぎる、忠義の武士でも、ドラマチックな愛欲に身を滅ぼす男女の心中でもなく、無意味に人生を棒に振る道楽息子でなければならなかったのでしょう。

道楽息子。自ら額に汗して糧を得る事を知らない、生涯が純粋消費の、天性の放蕩者（非生産者）。彼らも又、無能の人です。

甲斐性なし、という呼称があります。労働せず収入源のない人、自分以外の口を養えない低所得者をも含めて、そう呼ばれます。やはり、無能の人です。対する、甲斐性のある、有能の人とは、社会的に役に立ち、会社的に使える、立身出世の生産者を指します。甲斐性なしは、モノの生産に携わらない、社会に貢献度の少ない、会社に属さない、臥身遁世の非生産者だと言えるでしょう。その彼らが、多く、風流に携わりました。

居を定めず、諸国を彷徨う遊行の俳人は、その代表サンプルです。風流とは、風の流るる、何も身に留まらない、滞らない状態で、かたびらにわらじがけといった、殆ど死装束のようないでたちが、無能に生きる覚悟を象徴しています。少しでも留どめようとすれば蓄財となり、滞れば執着を生じ、欲や見栄に囚われて、無風流、野暮となります。即ち、この世の経済は、野暮が動かしているのであって、風流な経営者などありえない事になります。風流なリッチマンとして世間に名の知れた人は、大枚はたいて「風流のバーチャル・リアリティー」を導入しただけであり、果てしなく、虚構の風流です。

余生、と言うと、世に何事かを成し、名を遂げた後の、余りの生、の認識が一般ですが、それは、経済偏重による視点です。

生まれ落ちた時から以降、死ぬまでの間の時間が、すべて余生であり、生まれた瞬間から、誰もがもれなく死出への旅に参加している訳です。こんな分かり切った事も、はからずも甲斐性あって蓄財し執着すると、少しでも長く生へ留まりたい気持ちになって、富と名声を奪い去る死を、理不尽なものと思うようになります。すべからく経済の世、風の流れぬ里となって久しい今では、長生きと健康は、何にも優先するのが社会の常識となっています。

生まれた以上は、老いも病も死も、席に着けば順繰りに出て来る、おまかせコース・メニューで、以前はただ、もくもくと食せば良かったのですが、近頃は、うまいだのまずいだのあまいだのからいだの、何か一言いわなければ、恰好が悪いような気になっています。揚げ句、メイン・ディッシュを三皿ほしい、デザートはふんだんに、にんじんとピーマンは入れないでと、「おまかせ」の書き換えさえ要求します。そんな我がままを言う位なら、初めからこのレストランに入らなきゃ良い、生まれて来なけりゃ良かったのに、と思います。「いつまでも若々しく健康で、より良い人生を長く生きよう」という思想は、少なくとも、放蕩の人、風流の人にはなかった筈です。「年相応に老け衰えつつ、それなりの人生を死ぬまで生きる」という当り前の事が、遠くなりました。

無能の人々の日を通して、私達は束の間、なつかしい等身大の自分の「余生」に、きっと対面する事が出来るでしょう。

（一九九一・十一「ガロ」）

贅(ぜい)の文学

柳、やなぎで世を面白う
うけて暮らすが命の薬
梅にしたがひ、桜になびく
其日(そのひ)、その日の風次第
虚言(うそ)も実(まこと)も義理もなし

これは、江戸後期に流行った端唄の一節で、ひそやかに私の愛する文句です。なんと、戯作的気分に溢れている事でしょう。

戯作者は言います。

「おれは大きな面をして高慢な事をいふやつをば、ぐつといぢめたくてならぬ。とかく世の中は茶な事でなければ、おもしろくないよ」(『太平記万八講釈』)

茶とは、かすり笑いの事で、声に出す明るい快笑でも、腹に含む皮肉な哄笑でもない、ふっと緊張の解ける、筋肉の緩む、殆ど無意味な笑いです。戯作の精神は「とかく茶を専一として」、とあります。戯作には、心洗われる感動も、身の引き締まる教訓も、目の醒める啓蒙も、爪の垢どころか、綺麗さっぱり微塵もありません。そこには、無意味な茶の笑いがあるだけです。「とかく世の中は茶な事でなければ、おもしろくないよ」とうそぶく唇には、「柳、やなぎで」の端唄が、スコブル良く映ります。

心中をも辞さぬ程、手放しの野暮天に入れ込んでいる江戸戯作の良さを、人に伝えるのは、もどかしくも難しい。住所不定無職の恋人を、身内に紹介しなければならないハメのようです。

他愛ないのが値打ちだよ、フットワークの軽さが身上だよ、などと言う「本音」で、スンナリ納得して貰える筈もないでしょう。

戯作は「無用文学」、日々の生活に必要のない「贅の文学」です。人類の叡知の結晶と言われる古今の名作を、心臓や肺とすれば、日々の暮らしに潤いを与えてくれる文芸佳作は、胃や腸だろうと思います。それなら、戯作はさしずめ、盲腸でしょうか。

なればこそ、合理、実用、進歩を旨とした近代国家に忌み嫌われるも、当然と言えば当然です。

そんな奴のどこに惚れたのか。

戯作は、百年このかた、絶えて久しい文学様式です。「現代の戯作者」と称される作家もありますが、それは、パロディーの手法で世相を穿つ、いわゆる風刺小説をこなす人々の事で、江戸戯作とは全く性格を異にします。戯作は、パロディー、風刺の形態を取りながらも、世事に一石を投じる、有意義な「目的」を全く持たぬ、批判せず賛同せず、何事にも囚われぬ、完璧なる無責任、無関心を、終始装うのを常としています。

戯作は、概ね江戸中期から幕末にかけての「江戸小説」の総称として用いられますが、私の意識の中での戯作は、宝天時代と呼ばれる、宝暦、明和、安永、天明の、たった三十年間に花開いた、絶好調の、江戸前の文芸の呼称です。

となると、本書中の『通言総籬』、『金々先生栄華夢』は、戯作で、『東海道中膝栗毛』、『浮世風呂』、『春色梅児誉美』は江戸小説、という認識になります。文学史上では、前者を前期戯作、後者を後期戯作としていますが、その前期と後期の違いは、帽子と靴、香水と醤油程の隔たりがあります。

前期戯作の時代は、作者も読者も、戯れに書き、戯れに読んでいました。つまり、普段日常は、それとは別の「ちゃんとした」事で（正業を持って）生活をし（即ち、余技）、「ちゃんとした」物（真面目な学術書）を読んでいた人の、消閑の慰み（即ち、間食）であったものが、後期の戯作では、作者も、戯作を書くことが、「ちゃんとした」本業となり、読者もそれのみを目指して（主食として）「ちゃんと」読むようになっています。物の役にも立たぬ、暇潰し、無用の贅が、おまんまの足しになる生活の糧、楽しみの主流となった訳です。これは、同じ炭素のダイヤモンドが石炭に化けたようなものです。

江戸戯作の愉しみの真髄は、尽くせど尽くせど情のない色男（色女）に惚れたが如き、因果な、マゾヒズムにあります。

どこ迄、誠意を込めても、一向に意に介さぬ、暖簾に腕押し、糠に釘の、果てしなく無残な、「つれなさ」が良いのです。

こんな、無重力の遣る瀬ない文芸は、多分、後にも先にも、古今東西、お目に懸かれないだろうと思います。

江戸という時代の、江戸と呼ばれた都市の、至上至福の、贅沢驕慢のエッセンスを、戯作に感じます。だからこそ、歴史書（実用）から江戸に入った人と、戯作本（無用）から江戸に入った人との、「江戸観」が、月とスッポン、提灯と釣鐘程に、違うのも、ムベなるかな、さもありなん、となるのでしょう。

江戸戯作の嚆矢と目される作者、平賀源内は、人の一生を、「寐れば起、おきれば寐、喰ふて糞して快美て、死ぬるまで活きる命」（『痿陰隠逸伝』）と、情け容赦、アラレもなく、バッサリ一刀の下に、斬り捨てています。

眠れば夢に遊び、醒めては世知辛い現実に嘆息を繰り返し、にこにこ食べては、しかめ面で排便し、たまの夜には一瞬のはかない極楽を味わい、そんなこんなで、ふと死ぬるその日まで、お目出度くも生きているよ。

これが、泰平の逸民を自負する、「江戸人」の眼差しです。

恐ろしくドライな、呆れ返る程、あっけらかんとした、身も蓋もない、ブッチギリの明るい諦観ではありませんか。

クラクラむせかえる、プワゾン（毒）の香りがします。

うかうかと、これにハマったらアブナイよ、という危惧から、江戸戯作が、長らく「要注意物件」として封印されていたのかもしれません。

未来に希望を持たず、さりとて、現実に絶望もせず、あるがままを、ありのまま、丸ごと享受して、すべて世と、命運を共にしようという、図太い肯定の覚悟が、戯作にはあります。

「無用、無意味、無責任」と見せて、実は「死なば諸共（もろとも）」の腹を括っている、しなやかで、したたかな戯作が浮上する世は、必ず、泰平の果ての、大変換の予兆を孕んでいます。

平成の私達は、どこ迄戯作に共感出来るのでしょうか。どこ迄江戸とシンクロ出来るのでしょうか。私達の泰平は、いつ迄続くのでしょう。

世紀末にありがちな設問ですが、「もしも、この世界の終わりの日に立ち会うとしたならば、あなたは、その最期の日を、一体どのようにして過ごしたいですか？」というアンケートを、つい先日うけました。

（出来得る事ならば）陽の当たる畳の部屋で、数冊の江戸戯作本（木版刷りの、凹凸もあらわな原本）を、寝転んで、ゆったりと読んでいたい。更に欲を言えば、それが、大好きな恋川春町（こいかわはるまち）の自画作の黄表紙であれば、私に取っての最良の日となるだろう、というのがさしあたっての答え（希望）です。

（一九九一・十　『新潮古典アルバム24』）

うつくしく、やさしく、おろかなり

「これは江戸川の若旦那。なにをお調べになるんでございます」

笑いながら店先へ腰を掛けたのは四十二三の痩せぎすの男で、縞の着物に縞の羽織を着て、だれの眼にも生地（きじ）の堅気（かたぎ）とみえる町人風であった。色のあさ黒い、鼻の高い、芸人か何ぞのように表情に富んだ眼をもっているのが、彼の細長い顔の著しい特徴であった。（「お文の魂」より）

かれが、音羽の堺屋の店先へ、その姿をあらわしてから、八十余年が過ぎた。かれは、神田三河町に住む、半七という岡っ引きである。

かれを生んだ作者は当時四十四五の痩形の長身で、紋付き羽織袴の威儀を正した姿の似合う、だれの眼にも立派な門をかまえる先生風であった。色の白い、端正な輪郭に、大師匠か何ぞのように潔癖の性質を映す真っ黒な瞳をもっているのが、彼の細長い顔の著しい特徴であった。

かれが、当時麴町元園町に住む、岡本綺堂という作家である。

壮年の半七が捕物に活躍したのは幕末だが、捕物話を好奇心旺盛な明治青年に語りはじめるのは、日清戦争の後、いまはむかし、老年の楽隠居の設定となっている。「半七は七十を三つ越したとか云っていたが、まだ元気の好い、不思議なくらい水々しいお爺さんであった」と作中青年は記す。

そして、かれの物語も、八十年をいくつか越しても、すこしも色褪せず、不思議なくらいの瑞々しさを湛えている。

綺堂本を読むのはうれしい。旅先で不意に読みたくなって、行きずりの本屋へ、文庫をさがしまわることがある。読みたい、となったら、なんとしても読みたくなる。同じ文庫が数冊書架にあるのは、そういったわけだ。

いつ読んでも、はじめ読んだ時と変わらず、うれしい。清流に喉をうるおした旅人が、その甘露が忘れられず、度々不意に立ち寄りたくなる。そんな気持ちだ。

岡本綺堂は、明治五年十月十五日、東京芝高輪に生まれた。その年の十二月三日に、旧暦から新暦へと日本が変わる。家は百二十石取りの旧幕臣で、維新後、父は英国公使館の書記をつとめた。そんな環境の中、綺堂は、早くから外国文学に親しみ、丸善へ洋書を仕入れに通った。むろん、士族の子らしく漢学も習得し、そして、母の好きな歌舞伎芝居から、江戸文芸へも通暁していく。和漢洋の書籍を、朝から晩まで読み耽った少年時代だったという。

綺堂の作中を、一貫して流れる、清新な視点は、古今東西の大洋を回遊した果てに得られたものなのだろうか。

作者である綺堂は、物語に溺れず、突き放さず、丹念なる目配りで、描いていく。文体は、かれの立ち姿そのままに、しゃっきりしゃんと背筋が通り、うつくしい。実に冷静な、客観的姿勢なのであるが、学者が対象物を観察分析する作業とは異なり、画家がテーブル上の静物を見詰める目付きに似ている。画家が静物に相対する時、そのテーブル上に、自己の内面をも見詰めることになる。カンバスに描かれる静物は、画家の分身でもある。テーブル上の自己と静物、それらを等距離に見詰め、淡々とカンバスへ映しとる手技。

一対一で義太夫を語られるような小説の多い中（それが名人上手の節回しならば、陶然と酔えるだろうが、そんなのは万人に一人だ。同好の士ならば、千差万別、悪声乱調も「個性」の一興、と楽しめようが、そんな風流心のない身は、あいごめんなさいヤボ用がござんすと逃げ出したくなる。それだから、私は小説が不得手で、ほとんど手をのばすことはない）、寡黙なカンバスにこめられた物語を読む、静かな時間のしあわせは、滅多に得難い。

「半七の犯罪者に対する態度はきびしくて、感傷癖がない。そのきびしい中にも思いやりがあって、どうしたら救えるかを常に考えている。つまり法を重んじ、社会秩序を尊んで、なお市井の隣人愛といったものである。格別の名智も秘術を持っているわけではないが、機敏と気合と、そして用心深く、練達の腕前である。弁の立つことも特徴の一つにかぞえておこう」（岡本経一『半七捕物帳』旺文社版・解説文より）

これをそのまま「綺堂の小説に対する態度はきびしくて」ではじめて、途中を「格別に名智や秘術をひけらかすわけではないが」に、ちょっと変えれば、綺堂の小説作法にかなうのではないだろうか。実際、作品で時代考証を押し売りすることを嫌うかれは、懐古談という形により、現在の読者に解りにくいと思われる点を、無理なく、作中の人物に語らせている。

前出の岡本経一氏（岡本綺堂養嗣子、青蛙房主人）によれば、綺堂の気風が、半七の血肉を形作っているようだ。

「(綺堂は) 若いときから癇癪持ちで議論好きで、喧嘩っ早かった。(中略) 折り目を正す、筋を通すという段になると、決して妥協しなかった。誰からも、いい人だと褒められるようではダメだ、敵もあれば味方もあるという張りがなければ。(中略) 一身のほかに味方なしという信条は、自分自身にも甘えない剛気の姿勢を崩さなかった」

「読物の方に向かっては、私の本業は戯曲ですから、無理な注文はお断りします。劇場へ向かっては、芝居で飯を食っている訳じゃありません。どうぞ他へお頼みなさい。」そう言い得た二刀流のかれは、気に染まぬものへは、ひどく無愛想であった」

「なればこそ孤独だった。むしろ孤独を楽しむ強さがあった。下戸だから酒の上の失敗がない。旅が嫌い、会合が嫌い、徒党が嫌い、スポーツもギャンブルも嫌い、映画が嫌い、書画骨董あつめや、稀書珍籍をあさるのも嫌い、イデオロギーとセンチメンタル大嫌い、嫌い嫌いで艶聞もなし」(引用同前)

前半に書かれた綺堂の気概は、三河町の親分も、さもありなんのエピソードだ。後半の嫌いづくしには、無闇と共感する。酒と映画が嫌いでないのをのぞけば、みなあてはまるから愉快でたまらない。道理で、綺堂本がうれしいわけだ。もっとも、我が身の愉快は、嫌いの一致のみである。表看板がなにやら知れないところも、型は一緒だが、綺堂は、得心の行かない仕事を断る策術としたのだが、こっちのは雲泥、ぬらりくらりと責任の所在をあいまいにして逃げを打つ方便としている。

そのうえかれは、「その身辺といい机の上など整然として一点の塵はおろか、筆一本紙一枚取り散らしてある形跡は見えなかった」、「プロ意識の強いかれは追い込まれるのが嫌いで、いつでも締切りの二、三日前には仕上げ、きまって締切り前日に速達便で発送する」（引用同前）という潔癖には、穴はいりの大閉口となる。締切りと蕎麦は、ほうっておけばいくらでものびる料簡だし、ひっきょう、この書斎ときたら……。断腸亭のカオスの鬼気もなく、漫然と、出来の悪いカラスの巣のように、ガラクタにまみれている。無精を自慢してどうなる。それはさておき。

半七は、イギリスにおけるシャーロック・ホームズのごとく、日本で一番愛されている「探偵」だ。岡本綺堂の名を知らずとも、神田三河町の半七親分の名を聞かぬ気遣いはない、と、思っていたら、若者は、北大路欣也の「平次親分」より他に知らないと言う。ても、不幸な。

この度、綺堂本が、このようなコンパクトな一冊になって、ほんとうに良かった。若いかれら、娘や息子に、ぜひ読んでほしい。

つよくも、ゆたかでも、かしこくもなかった頃のわたくしたちの国に、うつくしく、やさしく、おろかな人々が暮らしていた。しんじられないかもしれない。けれどそれはほんとうのこと。そして、きっと、ああ、そうだったのかもしれない。たぶん、そうだったのだ、とわかる。

「半七」から五編。半七に続く系譜ながら、さらに、時代相を滋味豊かに、ゆったりと描いた「三浦老人昔話」から四編。珠玉の怪談集「青蛙堂鬼談」から二編。綺堂の名を世にあまねく知らしめた戯曲から二編。たいへんに贅沢な一冊となった。メイン・ディッシュばかり並んでいる。

うつくしく、たおやかな、四季の風物に包まれて、やさしく、つつましやかな、人が暮らしている。それら平和な景色の中に、「逢魔が時」が潜んでいて、せつなくも、おろかな、人の生き様、死に様を、瞬間、闇の中に浮かび上がらせるのである。

綺堂の筆は、その瞬間を、とらえて描く。

たとえば「桐畑の太夫」の小坂丹下。「修禅寺物語」のかつら。「相馬の金さん」の相馬金次郎。みなつまらない死に方をしている。犬死にだ。それらの、うつくしくやさしくおろかな生死を、綺堂は、すこしも蔑むことなく、あたら美化することなく、毅然とした気品をもって描く。そこが凄い。

なんのために生まれて来たのだろう。そんなことを詮索するほど人間はえらくない。

三百年も生きれば、すこしはものが解ってくるのだろうけれど、解らせると都合が悪いのか、天命は、百年を越えぬよう設定されているらしい。なんのためでもいい。とりあえず生まれて来たから、いまの生があり、そのうちの死がある。それだけのことだ。綺堂の江戸を読むと、いつもそう思う。

うつくしく、やさしく、おろかなり。そんな時代がかつてあり、人々がいた。そう昔のことではない。わたしたちの記憶の底に、いまも睡(ねむ)っている。

江戸の昔が懐かしい、あの時代は良かった、とは、わたしたちの圧倒的優位を示す、奢った、おざなりの評価だ。そんな目に江戸は映りやしない。

私がなぜ江戸に魅せられてやまぬのかを、人に語るのはむずかしい。惚れた男が、相馬の金さんのようなやつだった場合、親きょうだいに、かれをなんと説明したら良いのか。それと同じ気持ちだ。

いい若いもんで、ぶらぶら暇をもて余している。とくに仕事はない。たまに友達と、ゆすりたかりをする。ちょくちょく呑んで暴れるけれど、喧嘩は弱い。でもかあいい。なによりだれよりかけがえないのだよ。

私が惚れた「江戸」も、有り体に言えば、そういうやつだ。

近年「江戸ブーム」とやらで、やたら「江戸三百年の知恵に学ぶ」とか「今、江戸のエコロジーが手本」とかいうシンポジウムに担ぎ出される。正直困る。つよく、ゆたかで、かしこい現代人が、封建で未開の江戸に学ぶなんて、ちゃんちゃらおかしい。私に言わせれば、江戸は情夫だ。学んだり手本になるもんじゃない。死なばもろともと惚れる相手なんだ。うつくしく、やさしいだけを見ているのじゃ駄目だ。おろかなりのいとしさを、綺堂本に教わってから、出直して来いと言いたい。江戸は手強い。が、惚れたら地獄、だ。

（一九九三・七　『ちくま日本文学全集57　岡本綺堂』）

浮世漫遊記

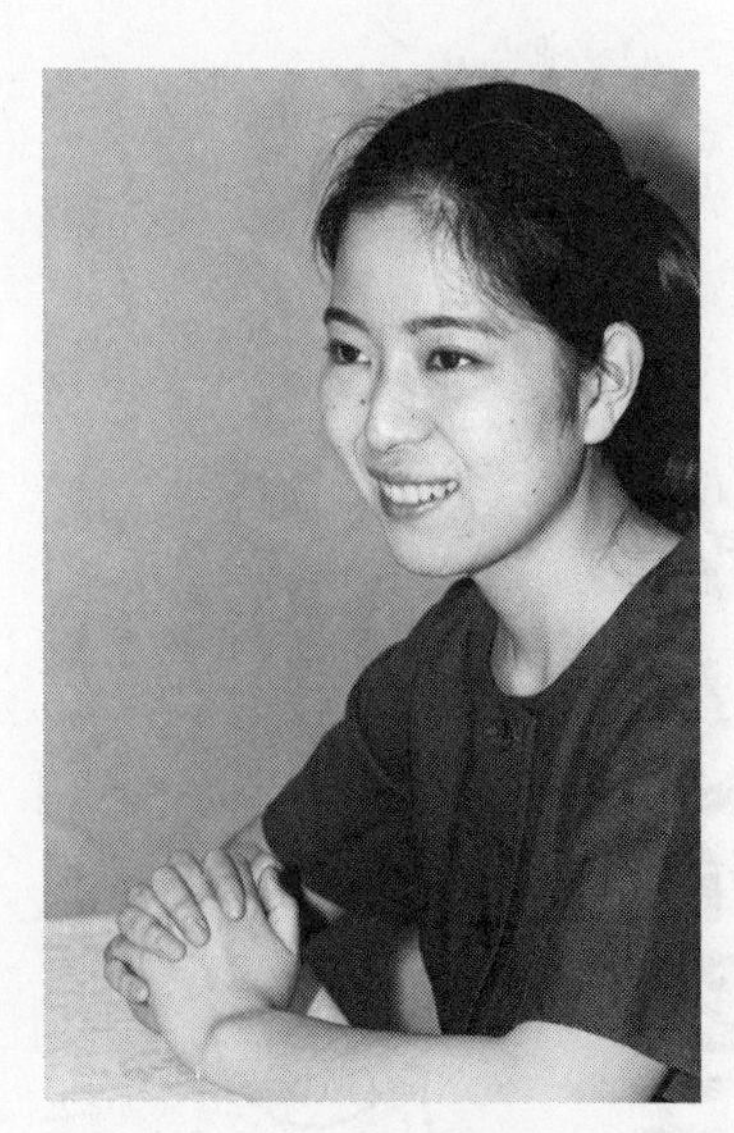

『東京イワシ頭』より

スッポンポン篇

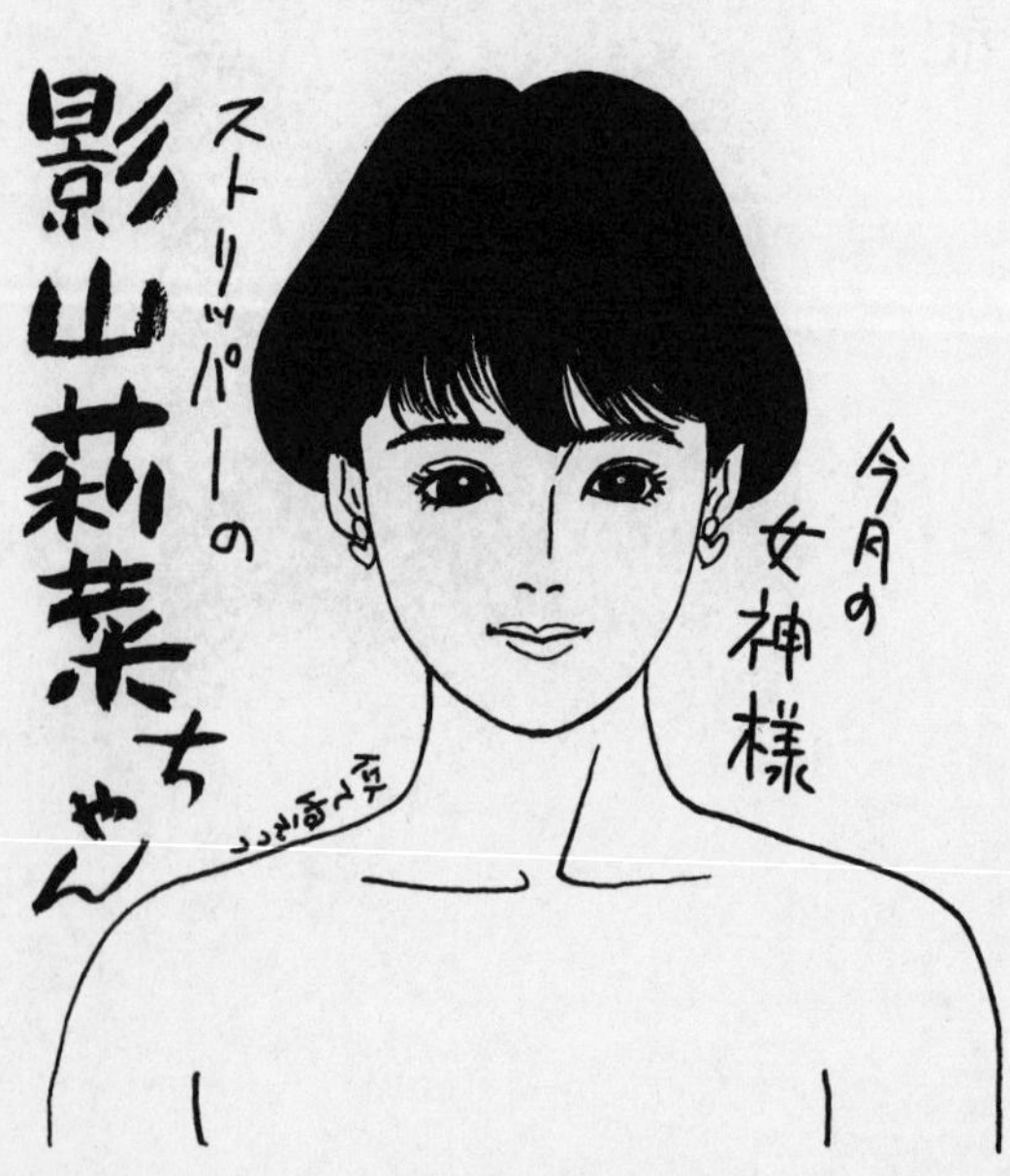

「はい次ラストォ！」

気合を入れて、蓮根のような、華美ちゃんの脚が、天井に蹴り上げられる。途端に、舞台を取り囲んだ客の列が、セリ出し中央の華美ちゃんに向かって、ちゅんっ、と収斂する。覗き込む頭すれすれに、華美ちゃんの太ももが、びう、と旋回する。宙を裂くハイヒールに、首をすくめながらも、客の目は、ある一点から離れない。初冬の渋谷「D劇場」午後七時。こうして、イワシ最後の夜は始まった。

「二年間、本当にお疲れ様でした。あっと言う間でしたね。いろいろありました。さて、ラスト、何で締めくくりましょうか。派手に、UFO呼びの名人と一緒に、星空のエンディングはどうですか」

大相撲東京場所の帰り、総武線のシートに並び、ポアールとイワシの来し方をしみじみ振り返る。ほんと、いろんなウゲゲがあったなあ。私は、一段声を低め、ポアールの耳に口を寄せた。

「実は、こないだ宝塚見た時から、最終回は、心に決めてたんだけど、星空じゃない暗闇、ストリップ、行ってみたい」

「あ、いいですね。行きましょう。どこがいいですか」

これだ。この打てば響くが、イワシを支えて来た。

「あのね、影山莉菜がいい。リナちゃん見たい（と、囁く）」

「はい、分かりました。カゲヤマ、リナ、ですね。手配します」

停車した電車の一車両中に、ポの朗らかな声が響き渡った。右前方の吊り革につかまっていた、二人連れのサラリーマンが、会話を呑んで、こっちを凝視している。さすが、リナちゃん。人気が高い。

影山莉菜は、深夜テレビで、一度だけ見た。白いミニのワンピースのリナちゃんは、厳冬のオコジョそっくりだった。漆黒の瞳に北極星を忍ばせて、微笑んでいた。ルックスはモロ、愛玩小動物的アイドルなのだが、媚びが微塵もなく、大理石の彫像の如く、静謐なたたずまいだった。寝転んでたのを、座り直した位、迫力があった。会話を追う内、彼女が売れっ子ストリッパーだと知った。

取材日の夕刻、待ち合わせ場所には、講談社の男性編集者が二人、ポの隣にいた。二人共、単行本での私の担当さんだ。イワシを一冊にまとめるに当たり、顔合わせを兼ねての、ファイナル父兄参観である。その内の一人、H氏は、かつて週刊誌編集者だった頃、ピンク取材班（懐かしい響きだ）で鍛えられた経歴を持つ。

「ストリップに女性二人だけなんて、無謀過ぎる。今回は、今迄のイワシ中で、最難関の取材になるな。場内じゃ、写真もメモもとれないぞ。とにかく、明るく楽しそうに振る舞う事だ。女の客は目立つから何かと物騒だし、踊り子さんの機嫌を損ねたら大変だ。舞台からハイヒール投げ付けられたって話もある。気ィ引き締めて行こう」

この忠告に、まずポが震え上がった。ポはアダルト・ビデオは勿論、にっかつロマン・ポルノさえ見た事がない。今回の取材に当たり「スカートは危ないから、必ずズボン姿で。なるべく小汚い格好で来るように」と編集部から言われていた。大袈裟な、と思いつつ、渋谷に不似合いな、山歩きのジーンズとスニーカーに、ぶかぶかのダッフルを着て来た。H氏の言葉に、みんなの頬が強張る。その頼みのH氏は、券を買う所迄は付き合えるが、後すぐ仕事で移動せねばならず、残る一人のT君は入社したてのアンチャンコで、我々同様、ストリップ初体験だ。しかも今朝、シャワーの最中に取材の事を、ふと思って、鼻血を大量放出してしまった身なのである。アマゾンの密林に不時着した三姉弟のようだ。一体これからどうしたらいいのだ。

「あの、ちょっと編集部から屈強のを調達します」

ポは席をはずすと、電話で、もう二名の援軍を要請した。総勢六名。H氏、T君、そして、後発参加、ロマンティストのK氏、フェミニストのM氏。万全の配備が整い、勇気百倍で、劇場へ行進。

カラースチールがきときと貼られた、明るい階段を地下へ降りる。大人一人三千五百円で二時間四十分のショーが楽しめる。入れ替えなしだから、見たけりゃ一日中だっていられる。入ったのは午後五時五十分からの三回目。立ち見だらけの満席。劇場ったって、一クラス位の狭さで、天井も低く、舞台上部の梁(はり)は頭がつかえる為、アーチ状にえぐられている。舞台はT字型に、真ん中がセリ出している。場内は黒。前回のスモークがたなびき、まるで線香立ち込めるお堂の内。

客層は、青年から初老の紳士迄。きちんとした背広にネクタイ姿が圧倒的に多く、他は地味目トラッドの学生。OAの研修会にも似た、えらく退屈な顔触れが揃(そろ)う。我々は、もぞもぞと人垣の間に固まって立つ。右後方に、シブカジの女子大生三人が背伸びしながらトキメイている。これって若貴(わかたか)の出を待つ、花道じゃないの。我々六人の不自然にヤサグレた雰囲気が、なんとも怪しく浮いている(H氏、及び、編集部の情報は、ちと古かったようだと悟る)。

激しいディスコ・ミュージックが流れ、舞台に、グラサンかけたツッパリネエチャンが飛んで出る。ポニーテールにサブリナパンツ、タンクトップにダボジャケ。本日のトップバッター、華美ちゃんだ。ビョンビョンビョン、全身バネ。舞台を隅から隅まで踊りまくる。踏み外しやしないかとハラハラする。セリ出しの右に陣取っている美濃部さんに似た役員風オッサンは、腕組んでソッポを向いている。

一人の踊り子さんに付き、約二十分の出番で、三部構成となっている。始めは、その子のイメージの衣装で踊り、次はムーディな薄物で悩ましい一幕、最後は一転してフレンチ・カンカン風、イケイケ、スッポンポン良く来たなスケベ野郎サービスだ拝め、で退場。

一旦ソデに引っ込んだ華美ちゃんが、薄物を羽織って再登場。すべすべの甘食二ケ、円錐形の乳房があらわになる。腰から足首にかけては、かじりついたら歯にしみそうな、固く締まった冬野菜を思わせる。美濃部さん、銀縁メガネの奥から、ちらりと一瞥。

「はい次ラストォ！」

片足のつま先、片手で梁を押さえて軸として、太ももで暗闇を矢鱈滅法の真空斬り。ポニーテールが炎の鏡獅子。八犬伝の美剣士・犬塚信乃の立ち回りを見るようだ。美濃部さん、腕組みは解かず、釘付け。時折「うむ」なんて、勿体らしく頷いている。

華美ちゃんは、デビュー一周年の若手ホープ。たぶんハタチ前だろう。居合抜きのまなざしを持つ、鋼鉄のストリッパーだ。

続いて、華美ちゃんとはうって変わって、ぽってりした、粒あん田舎大福のシズカちゃん。これが全く踊れない。十年前の貸衣装風のピンクのフリフリドレスで、ぎこちなく舞台を右往左往する。床に放り出された蚕の幼虫のようだ。時折、素面に戻り、不安に照れ笑いする。「薄物」では「あなたが欲しい、あなたが欲しい」とリフレインするニューミュージックにのせて、舞台中央で、ひたすら自慰。ラスト「カンカン」では、かぶりつき客一人一人に律義に「ご挨拶」して、でへっと照れ笑いで引っ込む。次は、痩せたグッピーに似たユミちゃんが、純白ドレスで、聖子ちゃんメドレーに合わせ、つまんなそうにステップを踏む。これも踊れない。その後は、寝起きの、おっかさんアザラシのマヤちゃん。ムード歌謡に手をひらひら、お腹たぽたぽするだけで踊れない。しかし、最後の「カンカン」に於ける、客の収斂作用だけは、どの踊り子さんの時も、毎回変わりなく起こる。幕が下り、中入りになって、女の子二人がコントを始める。本音のツッコミに、思わず口籠る相方に「もー何とか言えよー。仕事なんだぜーやらにゃあしょうがないじゃん」とジレる。誰も笑わないまま、後半へ。

☆アップテンポになると、右奥の木柱に寄り添った客が、持参のタンブリンで場内を巧みに盛り上げる。そのリズムに先導されて他の客も手拍子で参加する。ヤラセではない「劇場名物」という。
えぐられた梁
イッツ・オンリー・ストリップ
マコトちゃん
タンブリンマン
ミノベさん
出セリ
総じて客は行儀がいい。
みんな律気に手拍子
ヤジ・カラカイ等、一切なし
アンクルブーツ
無口に鑑賞

後半トップの渚真琴ちゃんで、目が醒めた。七分丈の和装に前帯、そしてアンクル・ブーツ。HISの「パープル・ヘイズ音頭」「逢いたくて逢いたくて」のライヴ・ヴァージョンでしなやかに踊る。スレンダー・ボディ、高橋ひとみ風顔立ち、うっとりみとれていたら、何と、舞台から微笑みを投げ掛けられてしまった。好きだわ、真琴ちゃん。次のメイちゃんは、「こまわり君」に出て来るワンレンの女の子似で、けだるくアナクロな芝居調。続く、錦ひかりちゃんは長身で、ジャズ・ダンスのインストラクターのようにはつらつとしているから、スッポンポンでも、肌色のレオタードみたいだった。

そして、トリ、影山莉菜。リナちゃんだ。スモークの立ち込めた舞台中央に、逆光を背負って、今、毅然と立っている。彼女を語る時、マスコミは決まって「こんな可愛い清純そうな娘が何故こんな事を」と言う。大きなお世話だ。やっぱり職業に貴賤はあるんじゃねえか。てめーらどんだけ偉いんだよ。良識面して他人のかさぶたを無理矢理ひっぱがしたり、傷口をえぐったりして金儲けするより、自分の体を晒して商売してみやがれ、ばかやろう。リナちゃんを見た。そして見たければ行って、ご覧。足を運んだ客に対して、リナちゃんは裏切らない。彼女は現役の、プロのストリッパ

リナちゃんの
鶴のポーズ
ごでさん
うむ
うむじゃねーよ
てめーこのよー
感無量……
モウ何も言うまい
ジ～ン
ひっつめ
取材日の筆者

ーだ。こんな活字の上で晒される義理はないのだ。こめかみに、うっすら汗を滲ませて、それでも涼しげな表情で踊るリナちゃんは、客席でなければ見られない。「カンカン」の度に、しっかり頷く美濃部さん。自分の生まれて来た所を、そんなにも確認したいんだろか。他の取り巻き連も、皆同じ一点を見据えている。肉体が滅びた時、魂が子宮に帰りたがっても、その道しるべを忘れる事のないように、復誦しているのかも知れない。凝視し、蠢く男達の頭は、一粒送りの百万遍の数珠の動きだ。

場内が明るくなる。大きな石を持ち上げられて、下の虫達がわらわら散るように、客がほぐれて行く。出口付近で、ようよう他の五人衆と合流する。厳戒態勢は全く意味をなさなかったのである。ただ、その後の打ち上げが、十二分に盛り上がった事は想像に難くない。

（一九九一・十二「小説現代」）

『呑々草子』より

トライバスロン

車窓に霞む桜島の勇姿
1992.5.22.

新宿かぁら〜バ〜スに乗って〜薩摩に着い〜たぁ〜そぉし〜てす〜ぐ帰る〜。

今回は、こんだけ。タネもシカケもワザもない。これっきり。新宿—鹿児島—新宿を、バスで、行って帰る。夜が来て朝が来て、また夜が来て朝が来る間、ずっとバス。往復四十時間、0泊三日。他意はない。目的も、大義名分も、学問も、財産もない。

江戸後期の、人物列伝の名著、「近世畸人傳」中に、こんな一話がある。とある奥州の禅寺で、旅の絵師が昼食をもてなされ、礼に一筆したためて去った。入れ違いに戻った和尚が、一目それを見るや、作者に会いたくなって後を追い、とうとう京まで来てしまった。清水寺で、絵師が池大雅と知れ、その居を訪ねる。大雅に面会するや、和尚は、「もはや用もなし」と、即座に踵を返し、奥州へ帰った。

池大雅の筆が、かくも強く人の心を衝き動かせりという、大雅の天才をたたえるエピソードなのだが、いかんせん、和尚の奇行ばかりが際立つ。やってみたい、こうゆう馬鹿馬鹿しいの。胸の奥底、くすぶってた。

道中をたのしむでなく、目的地でたのしむでなく、えんえん行き、ちらり見、もくもく帰る、思い立っただけのひたすらの旅。

百年の孤独と共に南旅（ポ）

国内の高速バス路線として最長距離、最長時間を誇る、新宿―福岡間を運行する「はかた号」の存在を知るに及び、こりゃええ、距離も時間も申し分なしと合点した。が、はかた号の行きと帰りの間、福岡で十時間ほど余裕ができてしまう。ここで、ずべっと博多観光をしちゃっちゃあ、元も子もない。時間内、行けるとこまで行って、くるり踵を返すのだ。調べれば、福岡から鹿児島へ、さらなる長距離バスがある。片道、四時間強、乗り継ぎ、食事の時間をぎりちょんで挟んで、ピッタシぷちぱちのスケジュールだ。

「梅雨入り前の、一年でいちばん、さわやかな季節だねえ。ひとつ、桜島の噴煙でも見に行かない？　バスで鹿児島。どう？」

「長距離バス、いちど乗ってみたかったんです。九州はいい温泉いっぱいありますから、老舗の名湯に一泊して、帰りは新幹線で」

「チーガーウー。行き帰りバスなの。あくまで、うんざりするほどバスに乗って、遠く行って、そしてトンボで帰るの。そんだけ。どっこも寄らず、なんにも観光しないで、ゆられゆられて往復するだけの旅なの」

ポアールは、呆れて目を円くもせず「あっそうか」と、あっさりのみこんだ。

こっちの思惑を見通してる。伊達に三年（公子は強い）、ダブルスを組んじゃいない。いい棒組みを得たものよ。「ツイン・ピークス」を最終章まで徹夜して、せっせと見、ドーナツ（オールド・ファッション・リング）とチェリーパイ（頭痛するほどクソ甘い）を、胸やけにのたうちつつ頑張った仲だ（クーパー、カムバーック。てめーそんなヤワなヤローじゃねーだろが。帰って来ーい）。酒肴の嗜好（ホヤの塩辛をウットリつつき合えるのはポしかいない）から、つい惚れちまうオトコの趣味（やっぱ、クーパーより「ブルー・ベルベット」のジェフリーだよなあ）まで似ているのだから、ポの将来が心配だ。

「どアマーイっ。行けるわきゃあない。せまーい車中で、ずっと、おんなじポーズで四十時間だぜ。おまー、そーゆーのを机上の空論って言うの。メデタイよなあ」

「前に一度、夜行バスで秋田行ったけど。十時間で、ふくらはぎから爪先、バッツンバッツンにムクんで靴に入んなくなるし、顔なんか、まるでドザエモンで、青黒く倍もでかくなって、もー、金つまれても二度と乗りたくないね。まあ、もの珍しさでもって、一度は経験してもいいかしんないけど、鹿児島までは、とうていムリでしょ」

「むろん百パーセント、往復は不可能。おおかた福岡でダウンして、どっかのビジネスホテルでバタンキュー。次の日、新幹線グリーンでグッタリ帰って来るのがオチだよ。福岡まですら、たどりつけるやらどうやら。途中で、スミマセン、降ろしてくださいって、拝むんじゃないの」

重厚長大なる旅への、決行前夜の激励が、これだ。持つべきものは、減らず口の友。オアイソに元気づけられたりしたら、反比例してズンズン元気がなくなる、わしの気質を心得ている。面々の憎きアカンベーをエールに、メラメラ闘志が燃えてくる。ありがた涙がちょちょぎれらあ。オノレラ、ぜーったい土産なんか買って来てやんない。

「編集部でも、たぶん無理だろう、企画だおれだろうって危ぶむ声が強かったです」こなくそ。当日、乗車直前、走り回って買ったものは、ドクター・ショールの強力サポート・パンスト（足のむくみを防ぐとか）、車中でも首がガクガクせず眠れる安眠枕、そして、安らぎの友、アルコール（デパートで、「百年の孤独」なる、焼酎の名品を手に入れた）に若干のツマミ（「糸柳」なる鱈スナック。揺れる車中ではツマミやすい）と、酔い止め薬（酒にあらず、乗り物用）と、夕刻発なので晩飯の弁当、そしてトドメに薬局に飛び込み、三千円のユンケル二本（ポのお墨付き。「風邪でフラフラの時もコレ飲んだら駅の階段イッキに駆け上がれちゃうんですよー」とのシロモノ）。タスキハチマキ、受けて立たん。ムサシ首よっく洗って待っちょれよ。返り討ちにしてくりょう。

「もーこれさえあれば、われらは大丈夫ですよ。長旅は焼酎にかぎりますね」

「百年の孤独」を、丸太みたいに抱いたポが、にんまり笑う。

ポは、大島—東京間のフェリーで、一本の島焼酎にたすけられ、苦手の船を克服したことで、大いなる自信を得たようだ。

これさえあれば、われらは、みるみる力がみなぎり、酔生夢死の百万馬力だ。

「南旅」の題にて、ポの一句。

百年の孤独と共に南旅

「ユンケルは最後の砦(とりで)、心のささえ。願わくば、百薬の長の加護のみにて、みんごと制覇し、殊勲の証と持ち帰らん」

「ホントにコレ、成功しちゃったりしたら、すごく自慢できるコトですね、きっと」

ながきよのとおのねむりのみなみたび（ヒ）

行間から、にじみ出る、したたかなユトリ（シロト目には、たんなる冗長なムダ口と映るやもしれねど）から、おおかたの察しは、つこうというものだが、もったいぶらず、手の内さらそう。

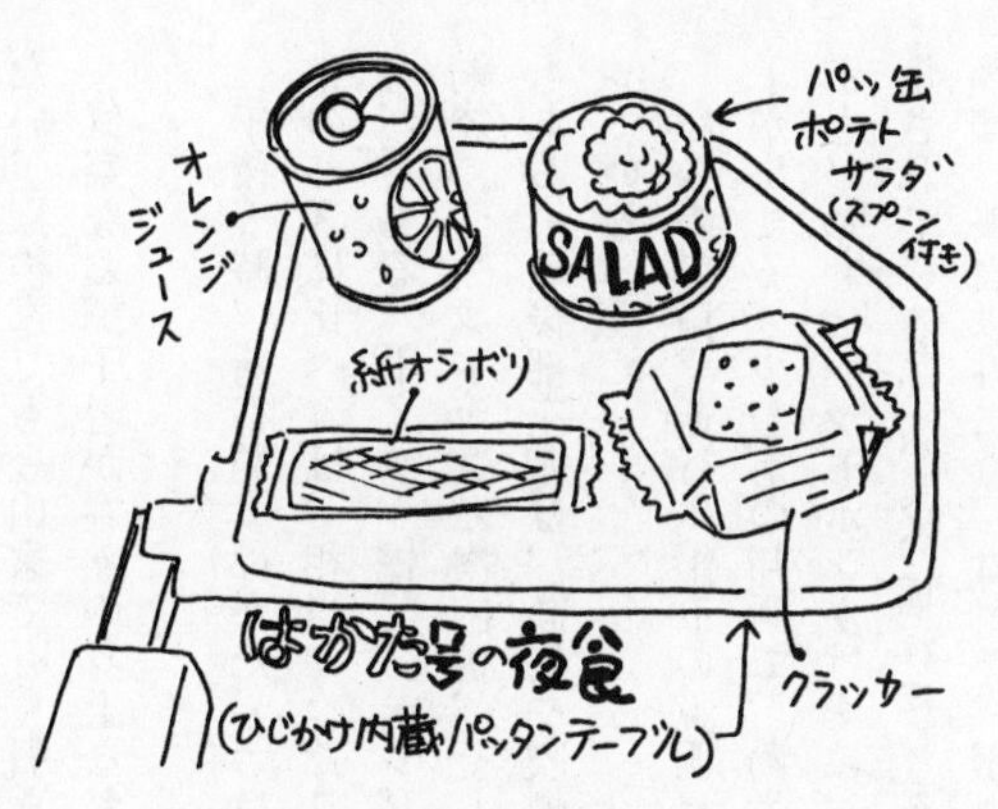

われら、成せり。バスで行って、即、バスで帰ってきたのだ。ユンケルも未開封で持ち帰った。ざまあみろ。めんたいこ、からしれんこん、かるかん。一切れたりとも食わせるもんか。ああ、こんなことなら夕餉の一献でも、きっちり賭けておけば良かった。

生半可じゃない。四十時間耐久旅行、トライバスロン。正直、成し遂げようという悲壮感は、爪の先ほどもなかった。うまく行きゃおなぐさみ、ダメモトのお笑い企画、今日はどこまでいったやらでイイと思った。

「ホンキでムリして、バッタリいっちゃあシャレになんないですよー。もし、ダメそうだったら、いさぎよくゴメンナサイして、どこかで一泊しましょう」

「ダイジョブ。名誉も意気地も恥もナイから、簡単にホイホイ降参しちゃう。眉間にシワで呑々したってしょうがないでしょ。だいたい、探検家でも登山家でも、引き際を見極めるのが腕の見せ所っていうじゃない」
気楽なお調子者が呑々の身上なれば、そこはそれ、コケるのも景物のウチなのだ。

午後五時、新宿発「はかた号」は満席だった。三列独立シートの二十三人乗り。通常のバスに比べれば、相当ゆったりしている。リクライニングも深く、足乗せもスリッパもある。トイレ、電話、テレビ、お茶コーヒーのドリンクコーナー完備。座席の網袋に、ヘッドホンと案内書、そして、ポテトサラダの缶詰&クラッカーの「夜食」もある。最後部座席は、談笑や喫煙のできる、マガジンラックつきサロンシートになっている。

バスの設備、運行ルートの説明ビデオの後に、映画が始まる。武田鉄矢と友里千賀子が出てる、少し前の邦画で、勤労青年たちが、第九の合唱を成功させようという筋。ポもわしも、ヘッドホンかけずに、無音の画面を見上げ（二台のモニターが天井に装備されている）、バスの揺れに身を任せている。ヘッドホンかけて、チャンネルを選べば、映画以外にも、ロック、ポップス、クラシック、歌謡曲、演歌が好み次第だが、このまま旅にどっぷりひたりたい気分だった。

路面を伝える振動も、エンジンのトルク音も、健気(けなげ)でたくましい旅の道連れに思われた。なにかうれしいことをうちあける人を、目前にしているような、なんとはなしに、いい感じのソワソワ。長旅特有の高鳴りだ。こんなバカげた旅は、そうないだろう。

東京から遠ざかりつつ日は暮れて二時間。対向車のヘッドライトが睫毛(まつげ)を梳(と)かし、後方へ流れる。

「ぼちぼち、ごはん、食べましょか」

「いいね。サロン行こ、サロン」

食べて呑んで眠れば、福岡はずっと近付いているはずだ。

「なんか、イケそうな気がしてきました」

「うん、ぜーんぜんダイジョブ。ったって、まだ二時間だけどね、たのしいよ」

この旅に必要なのは、眠る技術だけである。乗り物に乗りさえすれば、たちどころに眠るポと、着どころ寝（着のみ着のままの、うたた寝）大得意のわしに、この楽観は、ついに裏切る事なかった。

ながきよのとおのねむりのみなみたびみちのりバスのおとのよきかな。

夜は長い。はてなく転がるタイヤと共に、時間が過ぎて行く。時の道そのものを、なぞって走っているようだ。

酔狂の汗かき走る夏浅し（ヒ）

「百年の孤独」を四分の三あけて、かろやかに目覚めれば朝。運行区間随一のビューポイント、関門橋を過ぎたも知らず、新宿から十五時間、福岡はすぐそこだ。靴はちょいキツめだが、顔だって水死体には間違われそうにない。ったく、みんな大袈裟なんだから。途中、工事渋滞があり、到着が遅れている。福岡から鹿児島への「桜島号」の乗り継ぎに、五十分みておいたが、そのノリシロもずんずん食われつつある。

「うあーっ、これはダメかなあ。せっかくここまで来たのにぃー」

ベン・ケーシーがため息をつくごとく、となりのポがひとりごちる。

この旅最大の危機だった。鹿児島がダメなら、佐賀でも熊本でも、どこでもよかけん、行けるとこまで、わしら立ち止まらんでー、と予定変更を覚悟した。

ポは、いたたまれず、車掌さんに相談。桜島号になんとか待ってもらえまいかとすがる。車掌さん、電話でバスセンターに連絡。交渉してくれるらしい。

「お客さ〜ん、名前はぁ〜」

「モリヤマです」

バスの先頭と、後方座席のやりとり。

「はあ〜っ？」

「モーリーヤーマー」

「はい、電話はあ〜？」

「ゼロサン、サンキュウナナヨンのおー」

ポの電話番号が、二十三席中にひびく。それでも車掌さんに届かず、二度三度、くりかえし声をふりしぼる。これでは、通信販売の電話番号よろしく、乗客にポの電話番号が刷り込まれてしまう。

「桜島号、待つことはできないそうです。う〜ん、ぎりぎりで間に合いますよ」

「だいじょうぶ、間に合うよ」

近くの席のオジサンが励ましてくれる。信号にひっかかると、後ろの席のオバサンが身を乗り出して心配する。

「モウすぐそこなのにねえ」

「桜島号のお客さーん、道混んでますから、ここで降りて走ってください。横断歩道わたって、右行くとバスセンターだから」

小わきにバッグかかえて転げ降り、一目散に駆け出す。あと三分。

「どこだあーっ」

バスセンターは二百メートル以上も先にある。初めて踏む福岡のアスファルトは、もつれる足に、ラバーのように食いついた。夢の中で、なにかに追いかけられて、うまく走れない、あの状態。気持ちが体の三メートル先を走っている。定刻午前九時ちょうど到着、バスセンターに桜島号の姿はなかった。

「だあーっ」

ダメとなると変わり身は早い。ほんじゃどこ行こう、と運行表を見上げていると、はかた号が着いて、さっきのオジサン、オバサンがボストンぶら下げ降りて来た。

「どおしたのー、乗れなかったのぉー」

「あすこの人に聞いてごらん」

オジサンにうながされ、乗り場付近の人にたずねれば、桜島号はまだ来ていないという。始発なのに、桜島号は十分遅れて、悠然と入って来た。一分でも遅れた客は待てないだとおーっ。これが、たぶん、南国のノリなのだ。せっかちな東京モンよ、頭冷やせ。このズレも旅情じゃないか。九州はいい天気だ。

額に汗にじませて桜島号に乗り、はかた号から持ち越しの「夜食」を朝食とする。四時間後には鹿児島だ。桜島号もはかた号とほぼ同仕様で、ほどなく、ガッツ石松が主役のボクシングの邦画が始まる。

バスは着々と南下し、九州の深部へ分け入る。緑したたる中を、滑って行く。エメラルド、ビリジアン、ターコイズ、セルリアン、美しい絵の具の名前が頭をよぎる。

「すばらしい緑ですなあー」

前列初老の紳士が隣の紳士に話しかける。モニターでは、ガッツ石松が、いつまでもボコボコ殴(なぐ)られ続けて、皮を剝(は)いだカワハギそっくりの、青紫の血まみれの面で、リング上に右往左往している。ヘッドホンなしの無音の画面だが、なすすべもなく殴られるシーンが、あまりに長すぎる。しばらく景色を見て、目を転じると、まだ殴られている。脚本・倉本聰とあった。最近の「北の国から」の田中邦衛の、アップに耐えない小穢(こぎたな)いズタボロぶりといい、ヘンタイなのね、と思う。

　映画は、奇跡の逆転KO勝ちをしたガッツが、燃え尽きて死んでしまう。目を伏せる栗原小巻、白いスーツで吠えて泣く竜雷太、ゴロンと硬直するガッツが、まるで変死体(ザ・ボディ)で怖(こわ)い。車窓に溢(あふ)れる初夏の杉林。

「日本は、こうしてキチンと木を植えるからいいですなあー」

「下枝もはらって、手を入れてますよ」

「きれいですなー」

　ちぐはぐだけれど、ひっくるめて薩摩旅にマッチするシチュエーションだった。

　やがて、窓から、ちらりと桜島の噴煙が、液晶画像のように霞んで見えた。午後一時三十三分、鹿児島着。折り返し便は二時二分だ。滞在二十九分間の、鹿児島。バス停近くの食堂に直行、昼飯をオーダーするも、結局間に合わず、急きょテイクアウトに包んでもらって、バス停へ走り、飛び乗る。帰路の車中にて昼食。こうまでもかと

は、予想だにしなかったほどの、上出来すぎる「着いて即くるり踵を返す」であった（土産も買えず、途中のサービスエリアで買うことになる）。

「どうですかね、鹿児島の印象は」

「ああ、やっぱり暑かったですねえ」

「三越あったっけね」

それと、バス停で半袖たくし上げヒーハーするわれらの側で、紺の長袖スーツをビシッと着てたたずむ美女が印象に残った。夏浅しの題にて、ポはこの美女を詠んだ。

夏浅し薩摩おご女は凛と立つ

いやあ、横断歩道の白の照りかえしより、まぶしかったがなもし。

頭上のビデオはキョンキョン主演の映画。運ちゃんはアンチャンコ、若い。

午後六時二十八分、福岡着。次のはかた号は、七時四十五分発だ。アリガタ、七十七分の地面。四食ぶりに、ちゃんとした飯にありつけそうだ。おっと、その前に大団円を祝す、明日の朝食を確保せねば。再度ポテ缶クラッカーじゃわびしい。デパートで、鰻飯とカシワ飯、いかにも精のつきそうなスタミナ弁当を仕入れた後、さあ、揺れない席で食うぞ、とイキごんで入った料理屋で、福岡自慢のウマイ魚を、ここを先途と注文する。

「あの、あんまし時間がないんで、ガンガン持って来ちゃってください」

吟醸酒の四合瓶どーんと据え、バクバク吞み食いするも、オコゼの赤出し、イカ丼、城下カレイの唐揚げが間に合わずにタイム・オーバー。レジ脇に並ぶ、めんたいこをひったくって買い、未練を残して、泣く泣くバスセンターにラストスパート。

「間にあったあーっ」

「あれっ！　昼間の人かなあ」

車掌さんが頓狂な声をあげる。行きと同じ車掌さんなのだ。

「まさかぁ」と運転手さん。

再び確認して、

「えーっ、日帰りなのかなあ」

ピンポーン。日帰りなのです。馬鹿だと思ったでしょう。じつは馬鹿なんですう。サロンシートで、残り少ない百年の孤独をちびちびやりつつ、感慨深く夜は更ける。レコード盤の溝をなぞる針のように、バスの旅は、道をたどるアナログの旅だ。早送りもチャプターもない、なにも追い越さず、一定の回転で、恬淡と移動する。

遠くに出掛けるのに、時間を惜しんではいけない。道程を端折った合理化された旅なんか、旅じゃない。効率だの、有効だのと言いだすのは、シゴトだ。非日常的な無駄な時間を重ねて、その時間分、日常から遠ざかるのが旅だろう。遠ざかる時間そのものが、旅ではないのか（あーしゃらくせえ。途中でコケてれば、アハハで済んだものの、どっこいウマク行ったばかりに、シミジミしちまったじゃねえか、ばかやろう）。

まあ、いい。ともあれ、四十時間、脱帽のいい旅だったよ。二十四金の朝陽こぼるる車内で、スタミナ弁当食って、午前十一時三十五分、新宿着。東京も快晴。サンダーバード一号のように、白昼に、アホらしくテカテカと都庁舎がそそり立つ。異次元の眺め。

「えーっと、初めての薩摩は……。新宿三丁目に薩摩料理の店あんだよね。そこで打ち上げしよ。キビナゴと生ビールでさ」

都庁舎に負けずおとらず、アホみたくテカテカ元気な二人だった。無意味、無目的の長旅、どうやら、このコンビ、得意になりそうな気配である。つぎは稚内(わっかない)か。

（一九九二・七「小説現代」）

『入浴の女王』より

四条木屋町「明石湯(あかしゆ)」

いきなり椀盛(わんもり)　入浴タイム

舞妓(まいこ)さんの、おっぱい。

湯気越しの乳首は遠山桜色。小振りの椀を伏せた形の双丘は、嵯峨「森嘉(もりか)」のからしとうふと言うよりも、聖護院(しょうごいん)かぶらの白。ぴんと、寒気に張り締まっている。

一糸まとわぬ舞妓さんを、目の前で、見た。

男だったら、この眼福に浴する為には、どれほどの大枚を要することか。女というだけで、二百九十円で、存分に鑑賞出来る。

午後三時、一番湯。化粧前の舞妓さんがお湯に来る。

年の頃、十八、九。豊かな地毛で、高々と結い上げた桃割れ。こめかみからおでこの際(きわ)へ、アンゴラセーターの毛羽だち状の下萌え産毛(うぶげ)が、やわやわみっしり生えている。

ラタンで編んだ飴色の脱衣籠の脇へ、ぴたりしゃがむ。半巾帯くるくる巻取り、腰紐数本しゅっしゅと解いて、華奢な右肩がすべっとあらわになるや、着物は籠へ三笠山。すらりすっくと生き人形、裸弁天のお出ましだ。

京都、四条木屋町の銭湯、「明石湯」の女湯には、こんな景物がある。エ、、ざまあ見ろってんだちくしょうめ。ばあンつらンあずまッこ（馬鹿な面の東ッ子）、小鼻ふくらげ目ン玉まン丸くしてんじゃねえ。みやこびとに侮られらアみっともねえ。てなこって、こン度アちんたら前説抜きの出し惜しみなしよ。ハナからど～んと御祝儀、女湯描写てんこ盛りのメインディッシュ。新橋「橋善」のかき揚げ丼（丼下の飯を凌ぐ量の、巨大かき揚げが天まで届けと丼上に鎮座するダイナミックな東京名物）、熱々のを黙ってとっとと掻き込みやがれ、べらぼうめえ。

さてその詳細は。

掃きだめに鶴、闇鍋にふぐ、たあ上げ下げが激しくて周りから苦情も出ようが、さすが舞妓さん、桐箱入りマスクメロン、八百屋の奥の最上段だ。一山なんぼの芋茄子人参たあ氏素姓が違う。

洗い場では、いそいそのすぐ隣を陣取りの、しげしげ盗み見の、そわそわそぞろ湯。落ち着きがないったらありゃしない。茹でたまごを逆さに立てた顔、切れ長の二重、しなる首。細いなで肩、千鳥の翼の鎖骨。背中は土手の新雪。上半身が、冷水でしめた白玉なら、下半身は蒸しあがったばかりの鱧かまぼこ。楚々とした首肩胸に比し、腰周りが思いの外、たっぷりとなまめかしい。バストばーんウエストきゅヒップぷりりの、蜜蜂モデル「平成ナイスバディ（なんとケーハクな響き！）」とは異次元の、アンタッチャブルな悩殺官能の罪を固めた、仮名書の肉体。

舞妓さんが京女とは限らないが（と言うよりそうでない場合が多いらしい）、京都千二百年の陰陽術が生んだ芸術品であることは確かだ。男と生まれ、かれに精根吸い取られ、生きる屍、ふぬけになるは、至極冥利の悦楽だろう（それにはまず、食いつぶすに足る身代がなけりゃ話にならない）。

「ごっつええチチ。和乳（国産おっぱい）の鑑やね」わし。

「おンとすっごいきれい。なんていうか、後光がさしてました。みとれちゃいましたー」ポアール。

「そのチチがね〜大きかないんだけど、品良く整っててね。てのひらへ、しっぽりこんもり満ちる大きさ。そうさねえ。例えりゃ、皮に独特のコシと香りがあって、中は熱々のジューシィーな肉汁たっぷりの、食いつきゃほとばしる神戸元町『老祥記』のショウロンポウ（豚まん）の味わいかな。その先端には、あらら可愛いベビーピンクのニュウトウ。さながら、ほころびかけた雪中梅か、甘くはじけるチェリーボンボンってネ。そしてそれから、ぐっと下がって、抱き付きたくなる、ぽっとりしたボンジリ」わし。

「……（絶句）……」ケンちゃん（後述）。

「……。男湯は、触れなば折れそな枯れ木隠居と、ラード蓄えた太っ腹の旦那衆しかいなかった」オスギ（後述）。

　今回の湯先案内人、D志社OB、S潮社「小説S潮」のオスギ氏と、その後輩、「円町のぼん」ことケンちゃんを、さんざっぱら羨ましがらせ、ポと二人、のれんくぐって意気揚々の凱旋報告。明石湯、ほくほくの湯上がり。

　正直に言や、口開けの女湯は、ピラニアを横ぐわえにしそうなアマゾネスおっかあが二十人ばかし。そン中で舞妓さんは、蕾一点、秘中の珠であった。けど、二十五センチ先で、独り占めして眺めたんだぜ。こんな栄耀、たんとはあるめえ。

たぶん、群れなすアマゾネスおっかあ連こそが、京の土から生えた、正真正銘「京野菜」なんだろな。

野趣あふれる泥付き京女。

くやしいけど、こいつにかかっちゃ江戸下町のカカァなんざ、かんなっ屑か花かつお。鼻一息に天空高く、ぶっ飛ばされらァ。

これが、さほど色白じゃなけれども、キメ細やかで、ねっとり吸い付く、生八橋の餡入り「おたべ」肌。「おのみやす、おたべやす」と、京の観光地で呼び込む茶店の押しの強さ。

京女の代名詞は「はんなり」。嫋々と、しとやかに、影身に寄り添うイメージから、「東男の京女」のフレーズが出来たのだろうけど、どっこいソウは問屋が卸さない。

江戸男の手にゃァ、千年かけてもとんと負えやしねえ。江戸女は、律義にヤキモチを妬くだけ人が好い。たぶん京女は、妬心など薬にしたくも耳垢ほども持ち合わせてはいないだろう。

世の男どもに京の女湯を見せたいね。堂々たる命の母、アトム・ハート・マザー、原子心母これにあり。

東京じゃ、洗い場では立て膝が原則。古い銭湯では、女湯に椅子を置かない。京都は先取の気風。百パーセント、椅子使用。どっかと股がり、楽な姿勢で体を洗う。湯舟へ立つ時は、右手を秘所へ添え、左の肱から先で胸を隠すのが東京流。京都は手ぶら。生まれたまんま、あるものがあるだけ、なんの憂いがあるものか。

明石湯にはサウナ室がついていて、別料金ではなく自由に利用出来る。常連は、さっと体を流してサウナ直行。ベンチへタオルを敷き、横になり居眠る人、一心不乱に下腹を揉みしだく人。玉の汗、だくだく絞ったその後は、隣の水風呂へ。これの繰り返し。おっかあ連は、揃ってルノワールの美女体型。腰から下へ肉が、はちきれんばかりに充溢している。

ばーんとサウナ室の戸を開け放ち、ピンク色のトドが現れ出で、のっしのし水風呂へ、前のめりにザッパーン。水面下二十センチ、ヒンズースクワットの縮んだ姿勢で八秒静止。ぷはーっ鯨の汐吹きがあって、がぼっと水中へ俯せ。踏み潰されたガマ蛙、土左衛門状態で十五秒。はた目に心配する頃、むくり蘇生してサウナへ。無表情な賀茂人形の顔でご帰還。

ピントドを一度、その目でごろうじ。大江戸四百年、京都千二百年。三倍の年季だ、迫力が違う。

本日の汁　京都「明石湯」

京都の繁華街のまん真ん中にあるから、場所柄ご商売の客が多い。身支度前に浄めに入り、のれんをしまって汗を流しに入る。午後三時から、午前三時のロングラン営業。夜中の十二時過ぎが、いっとう賑やからしい。水は地下水、燃料は環境に優しいA重油（B重油は割安だけれど、黒い煙が出るそうだ）。

「おいでやす、おおきに」のれんをくぐれば、笑顔の番台。明治四十三年生まれのお婆ちゃんが迎えてくれる。

「うっとこの湯は、ぬくもりようがちがいますねん。水道水なんて寒うてヨウ入られまへんわ。お客さんら、ヨウぬくもりますて、よろこばはりますわ」

昭和五年創業。「昔、この辺りに明石なんたらちゅう偉い人がいはって」、明石湯と命名。初代は「鈴木なんたらちゅう、有名な銭湯専門の大工さんが、一番の材料で建てはって」自ら経営していたそうだ。脱衣場の男女の境はケヤキの一枚板だし、格天井も漆の枠で、欄間は鳳凰の模様で「あらゆるええキザイ使いはって豪華やった。当時にしたらえらア贅沢な造りやった」とは、現当主のおばさん（創業年生まれ）の語る逸話。それが、昭和五十三年のボヤで、今のあっさりしたカタチとなったらしい。
建物正面に、看板代わりにかかる、巨大な流木のオブジェは「初代鈴木さんのシュミ」と言う。その鈴木さんは、「女極道しはりまして、あかんようならはって（極道に、しはる、てな敬語使わんでもええように思うが、京都では、一事が万事これだ。殺しはったり殺されはったりするのが雅やかで恐れ入る）」、それから、色々経緯があって、戦中から、現・永原さんの経営となった。

「前は、中村鴈治郎はんやら、玉緒はんやらヨウ来はりましてね。鴈治郎はんの着物の脱ぎ方の、ごっつ色っぽかったこと」

市川雷蔵も近所で、おばさんが子供のころ、いたずらをして一緒に遊んだそうだし、すぐそこの小学校には、近藤正臣が通っていたそうだ。京都やなあ。

入り口向かって左側に、「ご神木」の年古きエノキがあり「通らはる人が拝まはります」大木で、細い路地を半ば占拠しているので、伐ろうとしたところ神罰てきめん、鋸当てた職人が真っ逆さまに落ち、首折って死んだと伝えられる。

「近所のおばあさんが、なに勘違いしたやら死なはった言いよって、新聞（ご当地コラム欄）にもソウ載ってしまって。ホンマは、足の指折っただけらしいのやけど」と、

おばさん。

その右側には小さなほこらがあり、「白龍大神」と言う白蛇の神様がまつられている。二年前、そのほこらの脇に、真っ白い子猫がうずくまっていた。今日、明石湯のアイドルとなり、猫可愛がりに女客に撫でまわされているデブ猫がソレである。

「白くなけりゃ、拾わなかったんやけど、縁起やからねえ」

名を「シロ」。バックスタイルのタマタマもチャーミングな雄猫だ。（余談だが、ウチの愛犬は黒い雑種の雌で名は「クロ」。予防接種時、獣医に「黒いからクロなんて安直すぎる。もっと愛情持って考えてあげて」と叱られた。大きなお世話。黒い犬は、初対面にまず「クロちゃん」と呼ばれるか

ら、なまじヴァネッサだのナスターシャだの付けたところで無駄じゃないか）
湯は、浸かっているときはさらさらだが、あがるとたん、卵の白身のヴェールが肌を覆うが如くぬくまる。伏見の女酒を燗（かん）したような、甘口のまったりやわやわ、後々効いてくる湯だ。

本日の具　オスギとケンちゃん

もう、メインの汁をあらかた味わっちゃったから、具なんてドウでも良いだろう。蜆汁（しじみじる）の汁を飲み干した後の、椀の底の蜆貝みたいなものだ。でも一応、箸先でほじってみようか。


オスギは、「小説S潮」わし担当編集者で、ポよりもいっこ年上の色白ニイちゃん。京都人が唯一都会人（みやこびと）で、東京を一地方都市と見なす京都中華思想の持ち主だ。

「京都は、東京の下町みたいな、味噌醤油の貸し借りなんてせえへんわな。そんなん恰好悪いこととする位なら買いに行くし、売ってへん時間なら使わんでもええわ」

ケンちゃんちは、京都円町の、白生地の卸し問屋。京のことならなんでもござれの筈だが、なにをたずねても、ネルのシャツの裏みたいに、ぽーっとしている。いつもニコニコ、のれんに腕押し、糠に釘。歯にものが挟まっているようではなくて、脇の下へ浮輪を挟んでいるような、なんともパープルヘイズなぼんだ（ちなみに京都には「パープルサンガ」というサッカーチームがあるそうだ。怪しい響きだ。それに京都では、ネオンサインや看板や喫茶店内の照明やホテルのカーペットなんかに、紫が多用と言うか乱用されている。江戸紫はワンポイントカラーとして使われるのに対し、京都の古代紫はフルベタで使われる。コワ）。

彼らは、二言目には「京都はムラ社会やないから」と、東京を田舎大尽扱いにし、「関ケ原より東は何がおるか分からん」と、わしらを野人呼ばわりにする（江戸ッ子からすりゃあ「箱根から東に化け物はいない」と言う）。

京都では「日本の首都は今でも京都」ということになっている。天皇は東国鎮撫の為、東幸したのであって、アズマエビスが開花しさえすれば、心安らかに還幸するのだそうだ（百二十余年かけてもひらけないアズマエビスなんざ、いいかげんお見限り、うっちゃって京へお帰り遊ばせ。わしら未開のままでしあわせよ）。

明治二年（一八六九）、天皇は京都を離れ、東京へ遷ったが、遷都の詔は発布されなかった。それだから、東の京、東京は、京都の東部仮出張窓口に過ぎず、真の首都は京都なのだ。

江戸が「東京」という、屈辱的名称を押し付けられた時、当然、江戸ッ子は猛反発した。「東の京、冗談じゃねえ。一万歩譲って、京都を西京とするなら、その煮え湯、飲もうじゃないか」という事になった。かくて、明治初年の一時期は、京都を「西京」と呼ぶ事が流行ったが、プライドは「気象衛星ひまわり」より高く地球を見下ろす京都人が、黙っちゃいない。「東京なんかと対等に並べて欲しくない。本家本元はこちらなんだから」

結局、江戸だけが、なしくずし的に東京と変えられた。忿懣遣る方ない江戸ッ子は、東京の「京」を発音するさえ嫌い、決して「トウキョウ」とは言わず、生涯「トウケイ」と言い通した。あまつさえ、京都の「京」の字と重なるを忌んで、真ん中の「口」に横棒一本加え「日」とし、強引に「東京」と表記した。江戸とは、「入り江の戸口」、内海を抱え込むように展開するウォーターフロントの街。景観そのままの麗しい名であったのに。

京都に入ると、つい斜に構えてしまうのは、そういう父祖たちの怨念が、血の中に記憶されているからだろう。

喧嘩腰になったところで、向こうは脇の下へ浮輪挟んで微笑んでやがらあ。キショーメ、戦意喪失するじゃないか。

あしらい　天一のラーメン

浴後。オスギ、ケンちゃん、ポ、わしの四人で、先斗町の割烹へ呑みに行く。磨き込まれた白木のカウンターへ着座するや、初場所の一番が気になって、板さんに聞く。

「武蔵丸、曙、どっち勝ちました？」

「さあ」

つれない返事。京の人は相撲好きじゃないのかしらん。

「政治改革法案、どないならはった？」ケンちゃん。

「あきまへん。社会党十七人造反で否決ですわ」板さん即答。

千年の権力抗争に蹂躙され続けた京都ならではの、政変への敏感なる関心を垣間見た。

宴たけなわ、オスギはポにからむ。

「東京で京風ラーメン言うけどなあ、なーんやあれー。おだしの効いた薄口スープに細い麵。あんなん、京都じゃ犬も食わへん。ホンマの京都のラーメンたら、透き通ったスープは邪道やね」

ホンマの京都のラーメンは、とんこつとも違う、こってりゲル状の、箸が立つ濃厚スープと、ちりちり麺じゃない、だらだら麺（東京のやわらかめが京都ではかためで、汁と麺の硬さが同じ塩梅で「ゲロしたラーメン」（京都人のオスギが言うのだ）が京風なのだと言う。それを聞くや、よしゃあいいのに、ポが「行きましょう」と拳を上げる。腹一杯なのにもう。

四人、小雪舞う中、京都一うまいとオスギとケンちゃんの推奨する、北白川の「天下一品ラーメン」へ向かう。

「ニンニク、ネギ多め、麵かため」

オスギが、常連の注文法でわしらを圧倒する。東京世田谷にも支店があるらしいが「東京は野暮やから」この符丁が通じないのだそうだ。店内は観光客皆無。地元の若人で、夜半にもかかわらず、むんむん賑わっている。

「当店のスープは非常に栄養価が高くスタミナ不足の方に特におすすめします。スタミナがないってキ・ラ・イ。ド～ンとスタミナ自慢のスープお持ち帰りできます」店内ポスター。

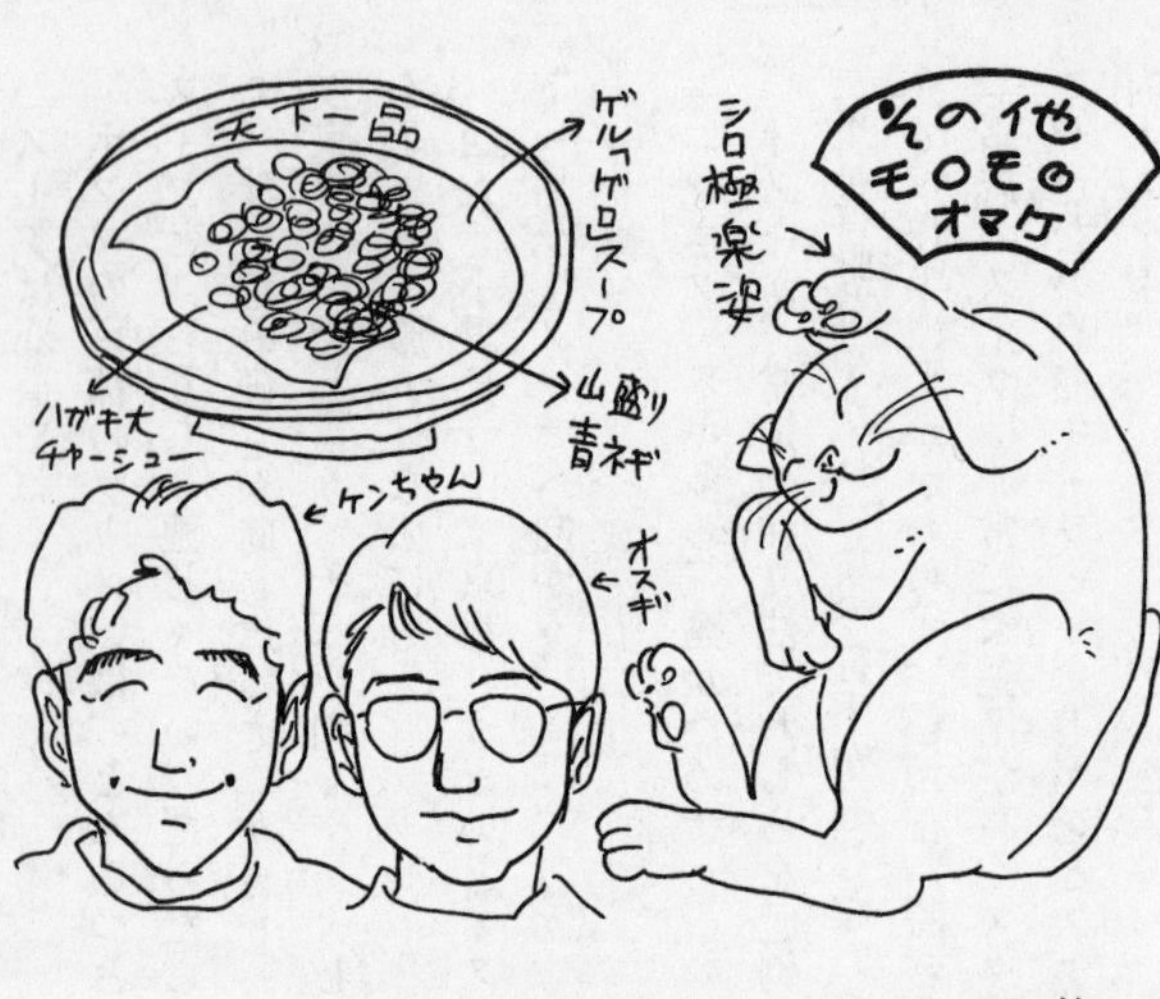

「ごっつ濃厚やから、初体験の人がスープ飲み干したら、絶対腹こわすわ。いわゆるゲテ物ですわ。ホンマ言うたら、京の恥やさけ、外から来た人にはヨウ教えられんのやけど」

と、オスギの牽制する丼鉢を、ポはぴかぴかに平らげ、

「今まで食べた全国各地のラーメンの中で一番好き」

と口を拭い、「やーこわいわー」と京男をビビらせた。

「喉にまとわりつく葛湯系で、喉越しドロ〜後味サラ〜。鹿賀丈史と言うか、ロバート・デ・ニーロみたいなラーメン。ああ〜ッ、もっとずっとまとわりつかれたい。ヤミツキになりそ〜」ポ評。

完全制覇したポを、誉めようか呆れようか、杜仲茶片手に躊躇したが、百二十余年の遺恨を飲み干した東女へ、天晴れの喝采。

アズマエビスから言わせれば、京都は日本じゃなく、京都と言う国だ。京都行きパスポートは、「京都中華思想」を理解してこそ取得出来る。京都は不変のヘン。依怙地にヘンだから面白い。

善し悪しを論ぜず、好き嫌いを越えた地平で、唯我独尊の王国を楽しもう。エキゾチック京都よ、永遠なれ。

（一九九四・三「小説現代」）

四

若隠居の心意気

因果と丈夫

落語の「寝床」に繁蔵という登場人物がいます。同僚は皆、仮病を使って、旦那の義太夫を拝聴するというゴーモンから逃げるのですが、彼は「因果と丈夫」なばっかりに、旦那に取っつかまってしまいます。しかも、旦那に体調を聞かれた時に「へえ、私はアノ、因果と丈夫でございまして」と答えた、ソノ言葉質(じち)ょ取られて「なんだァ？　因果と丈夫とは何だい！　無病息災、このくらいの結構なことはないでしょ、生意気なことを言うな！　因果と丈夫とはなんだッ‼」と大喝されてしまうのです。

何を隠そう、私はソノ繁蔵の血縁(ゆかり)らしく思われます。見事に「因果と丈夫」なのです。再びお目にかかると、どなたも開口一番、「元気そうですねー」とおっしゃいます。

こんなに仕事をやったら、体をこわしてしまうに違いない、とバクゼンと思っていた量を、どうにか、終始元気で、うっちゃりました。「いやあ、しんどかったですよお」と原稿を手渡しても、チットモやつれたりしていないので、編集さんは信じてくれません。

少し、頬でもコケて、青い顔に充血した目をしてりゃ、カッコウがつくだろうに、と、紅顔豊頬をうらめしく思います。かなり疲れている筈だのに、0.5キログラムもやせないなんて、くたびれ損です。体調はひたすら平常で、ただ人相が悪くなるだけなんて、あんまりです。「いま、ハードなんですよね。○日までは、ちょっとキツイです」と言っても、やっぱり元気そうなので、編集さんは「なあに大丈夫ですよ、はっはっはっ」。

ほんとうは、私だって低血圧で、3ケタいかないし、医者には「レバー食べなさい、レバー」と言われ、増血剤を常用する貧血です。

外見がはかなげな女性ならば「ここのところ、ちょっと貧血気味で……」ともの憂げなまなざしで額に手をあてれば、締切りが二日ほど延びるんじゃないかしらん。見るからに弱そうで、実は丈夫な人は、税金を優遇されるお医者さんのように、うらやましい存在です。

そういった訳で、毎日が、おおかた、快食・快眠・快便で、順調に「因果と丈夫」を続けているのです。

（一九八六・二　「オール讀物」）

私の転機

転機と言う程じゃないんですが、時折思い浮かべるのが、一昨年の入院風景です。過労で、二カ月弱の静養入院を体験しました。ろくすっぽ、働いちゃいないんですが、元来ぐうたらに出来上がっている身ですから、セコハンのゼロハンが、うっかり高速道路に紛れ込んだてなとこでしょう。

何もしないでのんびりする事が最良の治療、と言う、怠け者には天恵のような生活が、四畳半の病室で始まりました。

ベッドと小さなロッカーだけの、くうねるところ。窓に流れる雲を眺め続ける朝夕。殺風景な筈なのに、日一日と、気持ちは平らかに、豊かになって行き、少しも退屈しませんでした。こーんなスペースで、なーんにも持たずとも、けっこう快適に暮らして行けるもんなんだと、目から鱗が落ちました。

今でも、病室の風景は「なーんにもなくても大丈夫なんだっけ」の、身軽でイイ気持ちを、ビシッと思い出させてくれます。

（発表年月不詳「リクルート」？）

隠居志願

わしのてのひらの生命線は、生れつき、とても短い。

左右とも、てのひらの真ん中のくぼみ辺りで、すっと消えてなくなる。おまけに、テの形のシワは、三本みな薄くて鎖状だ。家族や友人のシワは、誰のを見ても、クッキリ筋の通った長いシワを刻んでいる。

たかが、手のシワ。

年末になると、熊野那智大社の暦が家に届く。これは、父が熊野権現を信奉しているからで、実家には今も届く。

暦の後ろの頁に、人相、手相、家相、夢占いの、ミニ八卦(はっけ)コーナーがある。短命手相の見本に「線薄く切れ切れ或は鎖状かつ生命線短し」とあり、暮れ毎にソレを確認した。

普段は忘れている。

高校は、よくサボった。電車通学になったから、定期券フル活用のキセル乗車で、家から離れた色んな所へひとりで行った。

羽田空港で飛行機の発着を眺めるか、上野動物園でペンギンを観察するかが多かった。高尾山の茶店でこんにゃくを頬張り、鎌倉の切り通しを散策し、富津の浜で貝殻を拾い、飯能で蕎麦を食ったりもした。

遠出がカッタルイ時には、東中野の、ジャズ喫茶で半日潰した。

背伸びしたい年頃だ。

通学用の、手間暇かけてペッタンコに潰した黒革鞄（あまりに薄くて何にも入らないから、ノート教科書一式は学校のロッカーに放り込んで置く。当時はペッタンコじゃないと恥ずかしかった。ペッタンコ派以外の生徒には、何故かマジソン・スクエア・ガーデンのロゴ入りバッグが無気味に流行っていた）に、ショート・ホープと、アメ横仕入れ米軍払い下げジッポーを忍ばせていた。

ジャズ喫茶へ通い、半年たった時分。いつも、店の隅にいたオバン（店のヌシ。マスターの妻か姉か不明だが、やけに態度がデカく体もデカい、ダグ・サンドを喉に詰めて死んだママ・キャス似の、四十半ばの女性）が手招きする。

サシで座ると、ゲルベ・ゾルテと言う、切り口が楕円形のドイツタバコをくれた。ペッタンコ鞄からジッポーを取り出す。

「フン。こいつぁベトナム帰りかネ。違うだろネ。上海帰りかな」

手首を振って、ジッポーのふたをカッチカッチもてあそぶ。カナブンがいじめられているような光景だ。

「誰が好きなの、え」

葉巻風の甘い香りがする。

「あの。チャーリー・パーカー」

「厭(いや)だね。どら、手エ見してごらん」

手相とサトったから、逃げに入る。

「あの、いいんです。どうせ」

テーブル下へ避難せんとす、貧弱なヒラメの手を、ママ・キャスの豊満アンコウの両手が、むんずとつかむ。ふた口しか吸ってないゲルベ・ゾルテが、テーブルの角に当たってポッキリ折れる。

「あの、チェット・ベイカーとかカウント・ベイシーとかも好きなんです」

わしは見せまいと手をにぎりしめる。

「やーね、ジジムサイ」

キャンドルの下で、わしのてのひらを造作もなくおしひろげ、左右とも見て、ポンと軽くはたき、三重アゴでうなずくから、

「生命線短いでしょ」

と先制する。

「ホント。ウソみたい短いネ」

「笑っちゃうでしょ」

「そだね。ま、三十四ってとこね。気楽におやんなさい」

大きなお世話だ。

とっくに気楽に生きてらあ。気楽者じゃなくって、こんなとこへ来やしない。

湿った木の床からワックスの匂いがたちのぼる。JBLの大口径紙コーンからモダン・ジャズ・カルテットが滑り出す。真横の壁でサッチモのポートレイトが笑っている。口直しのショート・ホープ。

奪い返したジッポーは、ママ・キャスの体温が染み込んで、ハクキンカイロのようにヌクかった。

ジャズ喫茶は、いつしかカラオケ・ルームとなり、わしは二十歳で禁煙し、そして三十四になった。

手のシワはやっぱり短く薄い。

ママ・キャスに言われなくっても、三十四を隠居の年と決めていた。

それは十七の時、あと折り返し十七年シャバにいれば存分、と思ったからだ。

もとより隠居体質なのだろう。

生涯現役、けっこうですな。陰ながら応援してますよ。だ。

隠居一年生のシゴトは、

一、働かない

二、食わない

三、属さない

で、一は、備蓄資産がない身は、余命分を遊び暮らせないから、まるきり働かないではすまない。が、なるべく働かずに、銭になる趣味程度の世過ぎをする。二は、口を養うがために稼がにゃならん、が世の習いなら、食わなければ働かずとも良いのだが、これも、まるきり食わない訳にもいかないから、少し食う。三は、肩書なき身分。益体(やくたい)ない存在。どれも得手だ。

「世の中に絶えて桜のなかりせば春の心はのどけからまし」なんざ、気障（きざ）千万だが、たしかに桜の後の春は、一年中で一番のっぺらぼーで心地よい。ものおもう晩秋に対し、なにもおもわぬ晩春のひとときが、よりあの世に近い気がする。若緑の下、死神と並んで日向（ひなた）ぼこ。いとのどけからまし。

「あつくなくさむくなくまた飢えもせず憂きこと聞かぬ身こそ安けれ」とは、浮世絵界の怪物、葛飾北斎の一番弟子、魚屋（ととや）北渓の辞世の句。好きな句だから、度々（たびたび）引用しているが、これなんか、辞世と言うよりは、とっくにあちら側へいっちゃった人が、すっかりくつろいでいる情景ではないか。

北渓は好い。筆は滅法立つが、構図はおおらかで画面が明るい。肉筆では、ひねもすのたり感が一層際立ち、とびきり鷹揚だ。師北斎の息を呑む緊迫感とは対照的だ。北斎は、往生際思いっ切り悪く、ジタバタ生に執着し、現世での更なる昇華を渇望したが（それも、クソジジイらしくて好きなんだけど。北斎程、隠居と言う字面の似合わないジジイもなかろう）、北渓はたぶん、寿命を天寿と心得て素直に逝（い）ったろう。

ともあれ、予三十四をもって、隠居元年とす。

手初めの年頭に、十三年続けた（ナニたいした年月じゃあない）漫画業を廃した。

漫画家の肩書は、モウない。

今は無職だが、どうしてもの時には、江戸風俗研究家、と名乗る。それこそ益体（やくたい）もないカタガキだ。歴史ならまだしも、風俗とはなんのことやら。研究、と言ったところで人のためになるでなし、趣味がこうじた遊芸のようなものである。なににもせ、研究家などは、すべからく世になくて困らない商売だ（研究家と愛好家は、やっていることは同じに見えるが、研究家は遊芸でお金をもらい、愛好家は遊芸にお金をつかう人で、タイコモチとダンナ程に、大変に立場が違う。が、世間では双方ひっくるめて「モノ好き」と呼ぶ）。

起きては伏し、その間にちっと呑む。無為の日々。たまさか生かされているだけの存在。問答無用の無手勝流。

「隠居になる」とは、「手ぶらの人になること」と思う。「手ぶら」は、持たない、抱えない、背負わないだが、ポケットに小銭はじゃらじゃら入ってるし、煩悩（ぼんのう）なら鐘を割る程胸にある。

だから、抹香臭（まっこうくさ）い「無一物」やら「清貧」とは、まるで違う。世俗の空気を離れず「濁貧」に遊ぶのが隠居の余生だ。（後略）

（一九九三・六　「小説現代」）

「きょうの不健康」より

不健康は健康のもと

「人間は病の容れものである」なんてことをいいます。てやんでい、おれっちなんざ、おんぎゃあとこの世に生まれ落ちてからこのかた、風邪ひとつひいたためしもねえ、とおっしゃるあにいさんも、いらっしゃいましょう。けれど、そのひとだって、腹の虫の居所が悪くて、かみさんやともだちと取っ組み合いのケンカもするでしょうし、二日酔いで朝っぱらから頭かかえてウンウンうなってる日もあるはずです。それも病の内、ケンカと酒の病です。

照る日曇る日、だれにもあって、自分のなかに棲み、日々をくらしている、不健康や不機嫌、不元気を、なだめ、すかし、やりすごすのが、けっきょく健康の極意なのではないでしょうか。

江戸のころには「闘病」ということばはありませんでした。かわりに「平癒（へいゆ）」といいました。病とは、外からやって来るものばかりでなく、もともと体に同居していた、ちいさな身内だったのかもしれません。それが突然、訪問者として、「頼もう」と声を荒げた瞬間が「発病」です。なにか、メッセージがあるから、姿を現したのです。招かれざる客ではあっても、まず用件を丁寧に聞いて、かれがなにものなのか、自分のどこがいけなかったのかを知り、なるべく、すみやかに、おひきとりねがいたい。これが「平癒」の意味するところなんですね。好きなことばです。

生きているひとは、みんな不健康です。大量の市販薬の広告、大人気の健康情報誌、「きょうの健康」で、日ごろの不安や悩みのアドバイスを受けるひと。中高年の食事会で盛り上がる話題は、明るい「病気自慢」。何それの数値がいくつで、俺のほうが高い、あたしプリン体だめなのよ名前はおいしそうなのに、骨粗鬆症（こつそしょうしょう）でちょっと転んだだけで車椅子（くるまいす）……あはは。まるで「趣味の不健康」。

わたしも中堅不健康で、通院入退院を十年続けています。待ち時間二時間。診察五分なんてざらです。どの医院も例外なく患者であふれかえり、日本中病人だらけみたいじゃないですか。

それでも通院できれば元気な病人です。往復路と長椅子での待ち時間に耐えられるのですから、通えるうちが花、といえます。

ともあれ、不健康を味方につけてしまいましょう。不健康は、心身の疲れの訴えです。体力や健康を過信し、不健康のささやきに耳を貸さず、仕事に無理をしたあげく、突然の訪問者にうろたえる失態は、防げるのではないでしょうか。健康をまもるは不健康。

（二〇〇三・四「きょうの健康」）

いろんなカタチ

銭湯が好きで、道すがら「湯」の暖簾（のれん）を見ると、吸い込まれてしまう。見知らぬ町で仕事途中でも、十五分の余裕があれば、ひとっ風呂（ぷろ）浴びる。道具なんかは、どうにかなるもので、店によっては、タダで貸してくれたり、安く貸してくれたり、ミニお風呂セットが売られてたりする。タオル一本あれば、ゆうゆう飛び込めるから、セッケン買っても、入浴料込みで千円とかからない。

小洒落たカフェで、一服するのと変わりない。それよか、ずっとリラックスできる。こんな健康で安価な一服は他にない。

他人のハダカの中で、自分もハダカで、一時を過ごすと、ほんのり寛ぎ、うっとり安らぐ。湯気につつまれて、ココロやカラダの雑物が、毛穴からスーッと抜け出ていく。わざわざ出かける温泉なんかじゃなくって、暮らしの寝食のあいだに、いつでも、さりげなく、その暖簾は風に揺れている。「極楽に一番近い日常」である。

なんでみんな銭湯に行かないかなあ。気持いいだけでなく、楽しいよ。なんたって、赤ちゃんから年寄りまで、同性の生まれたまんまが、よりどりみどり、見放題。少女を見ては「自分もあんな頃があったのね」と懐かしみ、おばあちゃんを見ては「自分もいずれあんなふうに」と教えられ、来し方行く末を学習する。

良く生きることは、良く老いること。生きていくことは、生老病死を、カラダに刻んでいくこと。生老病死は、春夏秋冬の、巡る季節のようなもの。季節の移ろいを受け容れて、そして、まっとうな人生を実らせる。たった四百円（東京）で、こんだけのことが、すきっと解っちゃうんだよ。みんながもらった命は、世界でひとつだけで、みんなのハダカも世界でひとつだけなんだ。

だから、いろんなカタチがあって、重ねた歳月だけ複雑な陰影が生まれる。だれもが順繰りに歳をとり、初めての老いを体験する。加齢は生きている証だから、やたら怖がるのはおかしい。

自分のハダカを疎ましく想うのは、自宅の小さいお風呂に、ひとりで浸かって、腹をつまんだり、鏡と睨めっこするからだ。

銭湯行きなさい、銭湯。理想的なハダカなんか、ひとつもない。みんなでこぼこで、おもしろい。必要もないのに痩せたがったり、若造りするのに、金と時間を使うのは、不健康だ。その前に、十回銭湯に行くといい。赤ちゃんもおばあちゃんも、きょう一日は一度きり。それぞれが、それなりのカタチで生きるのが、個性だ。

（二〇〇三・八「きょうの健康」）

病気自慢？

こう見えても、わたしは十年以上の中堅病人だ。

立派な病名を医者から与えられ、ちゃんと通院（時々入院）しながら、処方箋の薬を飲み、頑張らない日常を過ごしている。

よく「いつもお元気そうで」と、あいさつされる。ほんとは、相変わらず不元気なのだが、「おかげさまで」と笑って答える。しかたない。丸顔で、大酒呑みだから、人一倍丈夫そうだ。

ところで、病院慣れしてくると、あたかも病院の株主でもあるかのように、尊大で傲慢な「患者様」に化けていくのを感じる。

患者様は患者様として、妙に奔放で楽し気である。数々の生死を分けた、百戦錬磨の病歴を語る人。胴体裏表縦横無尽の、切開疵を誇る人。勤務交替のときの、看護師さんの私服をファッションチェックする人。最新の治験薬の種類にやたら詳しい人。病院食のベスト10をランクする人。院内売店に、新商品を次々リクエストする人。同郷のお掃除の人と、故郷談義で盛り上がる人。点滴のスピードを、自分の都合によって勝手に調節する人。採血のとき、きょうの血管を自ら指定する人。新米の医師や、無謀な遊びで骨折した若者を策を弄しておちょくりまくる人、等々。

大病院の大部屋では、明るい大病人が、病室のムードメーカーになり、後輩たちを日夜優しく叱咤激励する。自分はまあ、中間職ぐらいだから、たまに叱られたり少し慰めたりはする。

病は誰にとっても歓迎されざる客だ。いつの間にか上がり込んで、身内のような顔で（もっとも身の内だ）居座っている。なるべくなら穏便に、お帰り願いたいのだけれど、かれは、なにか用があるから訪れたはずである。それを用件も聞かず、いきなり「ふてえ野郎だとっとと失せしゃあがれっ！」と叩き出しにかかると、逆上して暴れまくることもある。「なんでございますでしょうか。なんぞ手前共に不手際がございましたら、なんなりとおっしゃってくださいまし」と、下手に出て、じっくり先方の要求を聴くべきだと思う。

江戸のころ、「闘病」という言葉はなく、「平癒」といった。闘病が、撲滅駆除の叩き出しで、平癒が、来訪メッセージに歩み寄る示談ではないだろうか。たて籠った珍客は、偶然か必然か、ともあれ、自分の身体を選んで侵入し、居座った。

気難しい客だけれど、通じる言葉は、きっと見つかる。長年、病人をやっていると、そんな気がするのです。

（二〇〇三・九「きょうの健康」）

酒を呑むにも上手下手

自分は、筋金入りの酒呑みだから、ほんのお湿り程度であれ、酒がなくては、ものが食べられない。どんなに旨そうな前菜が、目の前に置かれようとも、初めの一口の酒が届かないうちは、手はひざに貼りついたまま。しかし、ものがなくとも酒は呑める。

呑み始めると食べるのが億劫になる。食べることは命の根幹で、本当に大切なのは解っているのに、食べる作業は運動と同じで、疲れる。しっかり食べるには、それなりの体力が必要だ。

最も面倒なのが、ナイフ・フォークと箸。人間以外に、道具を使わなければ採餌できない動物はいない。いちいち、持ち替えては置き、持ち替えては置く。

これは当たり前のことなのだけれど、酒呑みにとってはこのうえなく、うっとうしい。「呑むと良く喰う」タイプもいるが、胃弱の酒呑みには、そんな芸当はできない。結局、腹にたまらない、塩辛い珍味を、ちびちび嘗めながら、ぐずぐず存分に呑むことになる。

これが、いちばん、いけないんだそうだ。こうやって二十年以上酷使し続けた、肝臓と膵臓が、ついに悲鳴をあげた。

しばらく断酒をして、臓器のご機嫌をうかがったうえで、また、ぼちぼち呑んでいる。断酒は、思いのほか辛くはなかった。それより、この先、呑めなくなる身体になるのが、厭だった。現在の臓器を休ませれば、将来は呑めるというのが、張り合いとなった。

ようやく血液検査による数値が、放免となった解禁のとき、「呑む前に食べろ」が、主治医との、唯一の約束。

まず、ちいさな盃で、梅酒を一杯（これは酒じゃない、いわゆる露払い）。そしてちいさな握り飯（海苔なし具なし）をひとつ。それに蜆か豆腐の赤出しを一椀。なんだか、とても、落ち着く前菜だ。こうすると、おのずと酒量も減るし、穏やかな満足感も得られる。なにしろ、箸を使わない握り飯と、噛まずに飲める味噌汁が、なんの抵抗もなく、素直に受け容れられる。こんなん有り？　という意外なほどイージーな、呑ん兵衛必携の「救済符」。外の呑み屋で、初手にいきなり「お握りと赤出し」は、気恥ずかしいかもしれないが、馴染みの店に、訳を話せば、毎回そうしてくれる。この前菜、定着して欲しいと、切に願っております。

（二〇〇三・十　「きょうの健康」）

巨大病院の外来

巨大病院の外来に、通い続けて十一年目。近所に、「かかりつけ医」があっても、ややこしい検査のため、外来と縁が切れない。

朝八時三十分、診療開始。その一時間前には、薄暗い待合所の長椅子(ながいす)に、人の頭が居並ぶ。「朝イチ」が、最も待ち時間が少なくて済むからだ。時間が後になるほど、急診患者の割り込みにより、予約時間が大幅に遅れていく。名医なら、尚(なお)、その率は高い。「予約再診組」は、一応、通えるだけの気力・体力があるのだから、急患よりは「元気」な訳で、順番を譲るのに、やぶさかではない。

とはいえ、毎々そうだから、予約の際、急患の「見込み」を含んで、タイムスケジュールを組めないものか。

巨大病院が、自宅近くにある人は稀(まれ)で、たいてい、九十分くらいは苦にせず通って来る。中には、主治医と離れられなくて、飛行機通院している人もある。でもたいそうな。

自分の場合、徒歩と電車とバスで往復三時間、採血と待合所で二時間、診察十分、会計二十分、処方箋薬を受け取るまで三十分。ざっと六時間。外食して帰宅すれば、丸一日潰れる。

寒い時季には、密閉された待合所の前後左右で「ゴホンゴホン」だから、風邪を貰って帰ることも、しばしば。

愚痴ばかり云うものの、定期的な通院は、日常の中で、ひとつの「生きる張り合い」ともなっています。

巨大病院は、あらゆる人生の吹きだまり。老若男女、国籍、貧富の差異を超えて、さまざまな命のエピソードに満ちている。

産まれたばかりの赤ちゃんを抱く茶髪の母親もいれば、一世紀近く生きて来たと思われる母親の車椅子を押す、七十過ぎと見える娘（嫁？）の姿もある。松葉杖で後輩の尻を叩くヤンキーもいれば、ストローで老妻にジュースを飲ませる紳士もいる。「人間は病の容れ物」とは、良く云ったもので、どこも欠けていない、完璧な人など、存在しないと、解る。病は、自身の去来を、あらためて考えるきっかけともなる。自らの「弱さ」を具体的に身をもって知って、あたりまえの日々を、ありがたく思う。

巨大病院への外来は、日帰り登山のような疲労と共に達成感が味わえます。とりあえず、「予約再診」であるかぎりは差し迫った状態ではなく、とりあえず、通えるうちは「元気」なのです。

（二〇〇四・一「きょうの健康」）

「ゴチマンマ!」より

ひとりごはん

帰宅すると、ダイニングテーブルの上に、ラップした皿が、ぽつんとある。電子レンジに、それを入れて、温めボタンを押し、冷蔵庫から飲みものを出し、テレビを点ける。その動作はいともスムーズで、パジャマを着るより簡単に、小さな子供でもこなす。

ほどなく、レンジがピッピピッピッと鳴る。温まった皿と飲みものを、テレビの前の床に置き、ぺったり座って食べる。あるいは、テレビを消して、それらを自分の部屋にもって行き、ベッドの上でマンガや雑誌を読みながら食べる。どっちにしろ、皿の方は、あんまり見ないで、黙って、手と口を動かしている。

後片付けの済んだキッチンは、空っぽの水槽みたいに、がらんとして、木のテーブルさえ、ひんやり感じる。だから、落ち着く場所へ、移動して、食べる。ひとりのダイニングは、寂しい。

ひとりぐらしではないのに、ひとりで食べる。大人も、子供も、それぞれ都合があるから、しかたがない。ふたりぐらしの、仲のよい夫婦も、別々に食べることが、ふたりの日常なので、

「いっしょに食べるの、ひさしぶりだね」という日には、テーブルに花を飾り、ワインを開けたりする。それほど、たまにしかない、特別な日なのである。

子供たちが、下ごしらえを手伝い、鍋奉行の、父や母の帰りを待つ日も、たまにはある。湯気の立つ鍋、それを囲む顔。

「いま、駅に着いた。なにかあと必要なもの、ない？　じゃ、すぐ帰る。シュークリームとプリン、買ったからね」

いっしょに食べる日のテーブルは、木の温もりを蘇らせる。

「いっしょに食べると、おいしいね」

家族だけでなく、友人や知人で、いっしょに食べて、おいしいひとは、自分にとって、たいせつなひとだ。そんなひとがいる限り、ひとりで食べる食卓は、けっして寂しくないはずだ。

ひとりの時も、花を飾ろう。となりの席に、ぬいぐるみを座らせて、好きな音楽を流そう。暖かい色のランチョンマットを敷き、テーブルで、食べよう。それが、出来合いの惣菜(そうざい)や冷凍食品でも、関係ない。温めたら、しっかり見て、食べよう。ひとりが、ダイニングを、寂しがらせなければ、温もりは、そこにとどまるから。

（二〇〇三・六『3分クッキング』）

ひとりの楽しみ

家庭的な感じの飲食店だと、「女性でもひとりでも入りやすい雰囲気」とか、「カウンター席には女性の一人客の姿も見られる」とかいうのが、ディナータイムでの売りのひとつとなっている。

自分なんかは、旅も外食も、どこでもひとりが当たり前だから、とても不思議だ。実際、宿泊付きの旅行も、コース料理も、二人以上を基本に組まれている。パック旅行なら割増料金を取られるし、中華のコースでは注文は二人前からが原則だ。

つまりは、手軽な小旅行や、単品メニューが、個人に許された領域であるということか。ひとりバカンスや、ひとりフルコースは、世間的には認知外で、単なる我が儘なのね。ひとりは損だ。

「だって、ひとりで行ったって、つまんないじゃない。あたしなんか、ひとりで飛行機乗ったことないし、ランチ以外は、ひとりでお店に入れないもん」と、友人。そんなことってあるかあ。

ところが、友人と同じような意見は大多数で、ディナーのフルコースに至っては、男性陣も、ひとりでは入る気がしないという。

なんだか、誘う友達がいないなんて気の毒に、と思われているみたいで心外だ。友人とだって食べるし、ひとりだって食べる。それだけなのに、ひとりディナーが寂しく見えるなんて、偏見だ。

そういえば、以前、本格イタリアンのコースをワインとゆっくり味わっていたとき。一組の男女が、こちらをちらちら見る。どんな料理かと、他人の皿をのぞき込むことは自分もあるが、そうではなくて、ひとりの食事に興味を持ったらしい。小声のつもりが丸聞こえ。「あの人きっと、二人で予約したのに、すっぽかされて、仕方なくボトルワインをひとりでガブ呑みしてるよ、可哀想に」

冗談じゃない。ひとりの楽しみ方を知らないくせに。二人には二人の、仲間には仲間の、それぞれの利点があるのは承知だし、十分味わってもいる。けれど、ひとりにはひとりにしかない時間が存在する。食事がメインの家庭的な店や、ちょっと一杯が目的の居酒屋にはない、いわゆる贅沢な時間を、ひとり静かに過ごす楽しみ。それが、おとなのゆとりというものではないだろうか。

女ひとりで食事をしていると、近くのテーブルから、ワインを振る舞われることもある。余計なお節介だ。好みのワインを好きなだけ呑む。こっちにはペース配分があるのだから、邪魔は野暮よ。

（二〇〇四・三　『3分クッキング』）

往復書簡「豊かな老いへ」・旅

宮脇俊三——杉浦日向子様

「老いと旅」なる題目で誰(だれ)か女性と手紙のやりとりをせよ、というのが編集部からの注文です。

旅行好きのおばさん、おばあさんなら、何人も存じあげています。そのどなたかと、お互いに齢(とし)をとったけれど、こうやって旅ができるのは幸せですな、どうかいつまでもお元気で、ではごきげんよろしゅう、といったぐあいにやるのなら、事は簡単です。けれども、気がすすみません。なんだか、混浴の露天風呂(ぶろ)につかって、適当な会話をかわしているようで、刺激がありません。

それで、一世代半も若い杉浦さんに手紙を書くことにしました。

なんで私が「老い」に巻きこまれなきゃならないの、と心外でしょう。すみません。しかし、時差はあっても人間は老いていくものと考えて、ご容赦ください。

前置きが長くなるのは齢のせいかと自覚していますが、もうひとつ。

杉浦さんに向かって「旅」について語りかけるというのも、世間の常識からすれば、お門違い（かどちが）いでしょう。杉浦さんが、ひたすらに描き語るのは、「江戸」です。ですから、新幹線に乗ってどこかへ、といった旅行記など拝見したことがありません。雑誌『旅』の編集長が、「杉浦さんを伊豆へ連れだすのに苦労しました」と言ってましたが、旅行ぎらいなのでしょうか。

ようやく、ここからが本論です。

私は旅、とくに鉄道による旅行が好きで、暇さえあれば汽車に乗って、あちこちしました。国内だけでなく、アフリカや南米の鉄道にも乗りに行きました。そのあげくに得たものは、

一、遠くへ行くばかりが旅ではない。

一、旅とは歴史とつき合うこと。

の二つに要約されます。日常性からの脱却、それが「旅」なのだと悟るまでに、家が一軒建つほどの高い授業料を支払ったわけです。

旅行なんて、人それぞれ好きなように行けばよいのでありまして、はたからとやかく言う筋ではないのですが、私がながいあいだかかって、ようやく到達した旅行哲学の境地を、杉浦さんが、さりげなく絵と文であらわしているのに愕然とさせられます。

杉浦日向子著『江戸アルキ帖』。すごい作品ですね。

江戸の名所案内は山ほどありますが、これは紛れもなく前代未聞の「旅行記」です。しかも、考証は行きとどいていて、読者は安心して江戸の世界に遊ぶことができます。「現代の浮世絵師・杉浦日向子」と評されるのも当然だと思います。

杉浦さんの絵と文に接して、つくづく思うのは、「これが本当の旅人」だということです。若いくせに、との嫉妬さえ覚えます。後生恐るべしです。

私は足腰が丈夫で神経も太く、一日に四里、五里も歩いたり、夜行列車で眠れぬ夜をすごしたりしても平気だったのですが、ちかごろは、そうした旅の疲れをおぼえるようになりました。

これからは杉浦さんの本を手にして、身近な「江戸」を旅してみようかな、と思ったりしています。

若い女性に向かって手紙を書くなど、何十年ぶりでしょう。返事が来るかこないか、と胸をときめかした若き日が懐かしいです。しかし今回はその不安はありません。来週、どんなお返事がもらえるかと、楽しみにしていればよいだけです。

この一文のなかで、外来語用の片仮名はいっさい使いませんでした。「江戸の杉浦さん」への、せめてもの敬意です。

杉浦日向子――宮脇俊三様

宮脇さん、おひさしぶりです。

お手紙に、ゆかしい宮脇さんの笑顔が思い浮かび、読みながら、夕暮れのひととき、なんだかお腹(なか)がすいて来ました。ほんのり、うれしい気持ちの時には、いつもより、食欲が涌(わ)いて来るのです。今晩は、さて何を食べましょう。

かなかなが鳴いています。宮脇さんは、文字通り、東奔西走の日々のうちに、夏を駆け抜けられた事でしょう。私は夏の日の大半を、飼い犬（雑種七カ月、同性）と、蟬(せみ)の集う、近所の公園の木陰で過ごしました。

この世で、最上の愉(たの)しみとは、こぼれる財宝でも、美食の極みにもあらず、旅人の土産話を、毎晩の夜伽に聴く事、なのだそうです。

お察しの如く、出無精の私は、宮脇さんの、綺羅星の紀行文の数々を、ナイト・キャップに、それは贅沢な、夢の旅三昧にひたっています。

宮脇さんの行く手に、次々と現れる風景や、その地にくらす人々は、(行った事も、会った事もないのに)とても懐かしく、心優しくも愉快な、遠い昔からの知己のように感じられます。旅は道連れ世は情け、袖振り合うも他生の縁、渡る世間に鬼はなし、旅は命の洗濯なり。ああ、旅はいいなあ、と、そのつど、我が身の出無精を悔います。けれども、それは、あの、笑顔の達人の(ご自身はお気付きでないでしょうが、面して吸い寄せられる、花咲きほころぶ笑顔なんですよ)、宮脇さんが行く所であればこそ、風景は美し、人は善し、となるのであって、誰もが、そこへ行けば、同じ思いが出来ると考えては、はなはだしく、うかつにも、あさはかでしょう。日頃の行いが悪い輩が行けば、天罰たちどころ、人を見たら泥棒と思え、他人の飯には刺がある、敷居を跨げば七人の敵、我が家に勝る処はなし、ああ、生涯再び行くまい、となるやもしれず、桑原桑原。

旅によって、人は試されるのですね。そう気付いてしまうと、ますます尻込みをして、おいそれと家から出づらくなります。

私の出無精は、まず、旅行切符というものを、未だかつて自分で買った事がありません。ですから、指定の取り方も知りません。それくらいなていたらくで、当然、宿の手配もしたためしがありません。これまで行った旅は、すべて仕事で、先方が、切符と宿泊所を用意して下さったものばかりです。紙の向こうの、宮脇さんの、思わずポッカリ開いたお口が見えるようです。

仕事での旅行も、ついほんの最近からで、三十路の声を聞くまで、修学旅行の鎌倉と京都、そして、万国博覧会の時の大阪、一度だけの家族の夏休み旅行の江ノ島（お馴染みの湘南大渋滞に懲りた父は、それ以降、二度と海へ行こうと言わなくなりました）以外の「旅」を体験せず、長い間、私の世界は、住まう区内だけでした。ここまで書いて来て、我ながら呆れ、うんざりします。

二十過ぎ、自力でどこへでも行ける年になる頃、はからずも「江戸への旅」に目覚め、あまりの魅力に虜になり、地上の旅への開眼の機を逸しました。それから十年、ようよう、少しばかり落ち着いて、やっと周りの景色が、視界のはじに見えるようになって、そうして、たまには、江戸に埋没している部屋を抜け出す芸当も、拙いながらおぼえ始めた、と言う訳です。

このように、地上の旅では、まったくの初心者ですが、江戸でしたら（粗忽な案内役ながらも)、宮脇さんに、にっこりして戴けるかもしれません。賑やかな仲間、ほっとする風景、それこそたくさん、心当たりがありますから、江戸へいらっしゃる折には、ぜひとも一声掛けて下さい。

旅と言えば、私に劣らず出無精だった、江戸の娘子は、徒然の慰みとて「道中すごろく」に興じたようです。紙の上での東海道五十三次、お江戸日本橋から、京都三条大橋までの、想像力の大旅行です。

それは、最短で、あがりに達する勝ちは意外とつまらなく、あがりに至る迄の、道中の景物を満喫する事が、眼目となっています。先を急がぬ呑気な気散じ、一回休みも、振り出しに戻るも、亦愉し。あがりにたどり着くのは、サイコロ次第の時の運。飽くまで、ぐるぐる巡りが、この旅の値打ちです。

思えば、人の一生に似ていますね。

あがりに、早く着く事が目的ではない、ウロウロする道中にこそ味がある。振って出たサイの目の、数が何であれ、それぞれに意味があり、愉しみがある。振り出しからイザ、出立してしまったからには、各人、コマの進む速さは違えど、皆いつかはかならず、あがりへ到達する。結局は、それまでをどれだけ堪能出来るか。人生も亦、ぐるぐるウロウロ、愉しめたら良いなあと思います。

宮脇俊三――杉浦日向子様

江戸のことばが躍動する、古風で若々しいお返事、ありがとうございました。最初は面喰(めんく)らい、途中からしきりに肯(うなず)き、最後は感心して拝読しました。

面喰らったのは、私の笑顔なるものを、すごく美しい文でほめてくださったからで、不意をつかれて、当方は周章狼狽(ろうばい)、鏡に向かって、わが面をしげしげと眺め、百面相をする仕儀となりました。おじさんをからかう趣味があるのでしょうか。

感心、というより感服したのは、「道中すごろく」に旅と人生の要諦(ようてい)を見るところでした。

「一回休みも、振り出しに戻るも、亦愉(またたの)し。（中略）あがりに、早く着く事が目的ではない、ウロウロする道中にこそ味がある」

と杉浦さんは書いています。

まったくそのとおりで、同感のあまり、思わず膝(ひざ)をたたきました。

これは現代の日本人に対する強烈な批判になっています。

旅行熱がさかんです。世論調査によると、日本人の余暇の楽しみの一位、二位を占めるほどの高まりを見せています。とくに、老若を問わず、女性軍の旅行の活況ぶりは目を見張らせるものがあります。

温泉旅館の大浴場に入っていますと、おばさんの大群が押し入ってきて、か弱き男性の私は隅にちぢこまってしまう有り様です。

めでたい世です。ながいあいだ男性社会のなかで虐げられてきた女性たちが、のびのびと旅を楽しんでいる姿を祝福したいと思います。つまらぬことにお金をつかうより、旅行で散財するほうが、よっぽどマシでしょう。未知の地に行けば、驚き学ぶことばかりです。「フランスじゃあ、ブドウ酒より水のほうが高いんや、おったまげた」と、日本の国土の恵みを見直したりします。その逆の事象もあります。とにかく、学校では教わらなかったことが、旅に出れば、つぎつぎに押し寄せてきます。

旅とは、体ごと異郷にゆだねてしまう行為ですから、不安の代償として学ぶことが多いのも当然です。その旅を、日本人の多くが志向するのは、たいへんよいことです。

しかし、その旅行の仕方を見ていると、これでよいのかと言いたくなるのを禁じえません。前回の手紙にも書きましたように、旅は人それぞれ好きなようにやればよい事柄なのですが、いまの旅行の様態は、「これは旅じゃない」と言わざるをえません。

言いたいことは、たくさんありますが、議論をひとつにしぼれば、

「旅が点になってしまった。道中の線は無視された」

ということです。奈良と京都、十和田湖と摩周湖、パリにロンドンにローマと、人は特定の点を目指します。たしかに、その「点」には魅力があります。

けれども、そこへ行く過程こそが「旅」なのではないでしょうか。

私が、これぞ旅だと礼讃するのは、芭蕉の『おくのほそ道』です。目的地の定かでない旅です。ついで『東海道中膝栗毛』。いずれも目的地より道中に価値のある作品です。私は、それを引き合いに出して、現在の点から点への旅を批判してきました。

ところが、杉浦さんは、さりげなく「道中すごろく」を持ちだしてきました。現在の「点から点への旅」への批判としては、これが最上です。お見事です。カブトを脱いだかわりに、ちょっと立ち入った質問をさせてください。

私は、男の一人旅は、いくら齢をとっても、サマになると思っています。アフリカの草原にポツンと佇む老いた雄ライオンの姿は、孤独ながら毅然としています。それにひきかえ、雌のライオンは夫婦一家がいっしょになったとき、その姿に安らぎがあります。他の動物についても同様です。

動物から発想しては失礼ですが、杉浦さんは一人旅と二人旅のどちらがお好きですか。聞けば独身との由ですが、女性の旅は、よき伴侶(はんりょ)あってこそ、姿よく美しいのだと、頭の古い私は信じています。

なんということを、いやなじじい奴(め)、とのお返事を期待しています。

杉浦日向子――宮脇俊三様

台風が近付いています。

宮脇さんは、今どこに、どうしていらっしゃるでしょう。書斎で目をつむり、雨音に頰杖(ほおづえ)をついてらっしゃるでしょうか。あるいは、お宿で浴衣がけで、仲居さんと空模様を案じてらっしゃるでしょうか。はたまた、横縞(よこじま)をうねらせて流れる雨粒を、車窓に眺めていらっしゃるのでしょうか。

私は今、ひとり家にいます(もっとも、軒下にはクロがいますが)。

台風の日には、なぜかきまって、子供の頃を思い出します。近所の神田川が、度々氾濫して、ひどい目に遭ったので、台風は、いつでも家族の一大事でした。心配性の母は、台風が近付くと、真っ先にお米を届けてもらい、米びつをマンタンにし、湯舟いっぱいにきれいな水を張ってから、雨ガッパ、ゴム長靴に身を固めて、荒物屋さんへロウソクを、電気屋さんへ、懐中電灯とラジオの為の乾電池を、菓子屋さんへ、子供の慰めのチョコレートを買いに走ります。父は腕まくりをして、ゆるい雨戸を釘で打ち付け、五歳上の兄は、帆布製の非常持ち出し袋の中身を点検し、私は犬小屋の中で犬と抱き合って、ゴボゴボと溢れ落ちる雨樋の水しぶきに、何とは知れず、胸を高鳴らせていました。犬は、真っ白な雑種でプッチーという名でした。夕方には、家族全員で卓袱台を囲んで、小さな白黒テレビの、台風情報の画面に見入り、刻々と迫り来る、白い大きな渦を待ちました。古い木造の粗末な家は、雨風にドロドロと総身を震わせ、私達はまるで、轟く太鼓の中に閉じ込められた鼠の一家のようでした。

その兄も所帯を持ち、居を構え、父と母、そして私は、いつしか、それぞれが、別々の三つの屋根の下で、台風を迎えるようになりました。

今回の台風は、秋雨前線を巻き込んで、たいへんな降水量で、眼下の石神井川は、あと一メートルくらいで溢れ出しそうです。それでも、私は何の準備もせず、ワープロのキーボードを叩きながら、雨の音を聴いています。

時は不思議ですね。あれから年月が経、自身や周りは、こんなにも変わっているのに、気持ちだけは、子供のままの新鮮さで、台風毎に蘇ります。台風や大雪など、特異なお天気というのも、場所の移動こそないものの、ひとつの旅に思えます。いつもの風景が一変して、日常から離れた空間にぽつねんと放り込まれ、所在の無さに、来し方を振り返り、茫漠とした未来に、つらつら想い巡らせる、そんな、うたかたの旅人になった気がします。

さて、この台風にまぎれて雲隠れと行きたい所ですが、「女性の旅は、よき伴侶あってこそ、姿よく美しい」との宮脇さん。ストライクゾーンの真ん中に直球を投げられては、よけられません。正直こまりました。翼をたれて、どしゃ降りに濡れそぼつカラス（目の前の窓から見えるのです）になった思いです。この球、どう返しましょう。いっそ、そっと懐に仕舞って、暖めてしまいましょうか（ずうっと抱いたら、どんなヒヨコが生まれるでしょう）。

白状しますと、短い間でしたが、よき伴侶を得ていた時もありました。気ままに連れだった二人旅が、うっかりはぐれてしまいました。道は別々になってしまっても、今も彼はどこかを、のっしのっしと大きな歩幅で進み、私は、立ち止まったり道端にしゃがみ込んだりウロチョロしつつ、同時代、同じスゴロク盤の上で、右往左往しています。

もはや、同じスゴロク盤、というだけの、この上もなく、かそけき縁（えにし）ですが、それでも肩並べ歩いた気持ちは、少しも色褪（あ）せず、残りの道程を、未（いま）だに一人旅ではない、一人プラス・アルファー旅にしてくれています。大丈夫、私は元気、一人じゃありません。

人は一人では生きられない、家族は何と言っても大切だ。分かります。が、世間からは一人に見えるシングルも、もしかすると、一人ではない場合もあります。心の中に、目には見えない自分だけのプラス・アルファーの生きがいを持つ人、家族以外のプラス・アルファーの友を持つ人。たぶん、本当の一人旅の人は、少なくとも、俗世の雑踏にはいないのかも知れません。この世に、たった独り、歩き続けるなんて、あまりにも苛酷（かこく）すぎます。

先日仕事で、出無精（でぶしょう）の重い腰を上げて、出雲の西の、仁摩（にま）へ行きました。そこは、一年計という、とてつもない砂時計のある町で有名なのですが、その、巨大な砂時計を目の当たりにして、ほっと心が安らぎました。下部のガラス球には、今年のこれまでの月日が、こんもりと豊かな小山を成していました。

過去の時間は、過ぎ去り、失い、消え逝くものではなく、こんなふうに、身の内に蓄積されて行くのだ、と実感出来ました。それ以来、日々月々年々、自身に降り積もる歳月を、たまらなく、いとおしく、ありがたく感じています。

（一九九二・十二「朝日新聞」）

お山の大将

時々、「お山の大将」になりに行く。山のてっぺんで、作戦を練るのだ。仕事の事、家族の事、今夜食べるもの、あした着る服、大切な人へのとっときのお祝い。ココはワタシの天守閣。小さな山の周りには、寝起きのアタマみたいな草木が、ワサワサっと生えている。四季折々がありのまま。なんだか自然。とっても落ち着く。厭世の仙人が座禅を組む深山じゃなくて、ココは、くらしの真ん真ん中にある山だ。ソコがなにより気に入っている。四方に大きなビルが見える。あの窓のひとつひとつに、いろんなくらしが詰まっている。生きてくのって、けっこう、たいへんだ。でも、頑張んなくて、良いよ、と、お山のてっぺんで大将は思う。ジンセイ頑張んなくて良い。だから、エールは、ファイトでもガッツでもなくて、ドンマイ、大丈夫。

（発表誌未詳）

船旅道楽

オシャレにもグルメにも美容にも収集にも興味のない私にとって、唯一の道楽は「船旅」です。

船旅といえば、世間では、暇とお金のある人のもの、と相場がきまっています。ところが恐れ多くも、暇やお金のない身にして、船旅にはまって、はや九年。そこにはいつも、涙ぐましい奮闘があります。

まず、週一回レギュラー撮りの拘束があるので、六日以内のクルーズに限られます。飛行機で一時間の距離に一日かかるのが船旅ですから、もちろん海外クルーズは行けません。毎週金曜収録なので、土曜から木曜が最長ですが、土曜発の旅程はめったになく、金曜をまたぐ形の週末利用がほとんどです。それに、六日以内のショートクルーズそのものが少ない。そもそも船は、ゆったり旅をするための空間なのですから、当然です。

つまり、自分には、どの船に乗って、どこへ行きたいという、選択の余地はなく、土曜木曜の間に国内を航行していれば、どの船で寄港地がどこだろうと「とりあえず乗る」のが流儀です。東京発着が理想ですが、それでは、ヘタをすると年一回もチャンスに巡り会えません。結果、青森から金沢、神戸から石垣島などという、大胆な途中乗下船が常のパターンとなります。波の上では優雅そのものですが、行き帰りの飛行機や列車の移動は疲れます。それもこれも、暇がないくせに乗ろうという強引さが招く、自業自得なので仕方ありません。

ないほうの蓄えは、日々につつましい生活から搾り出されます。ギャラは「船何泊分」で換算します。ともあれ船に貢ぐため、日々額に汗して働いています。

健気だなあと我ながら思います。なにがそんなにいいかって？　人には惚れてみよ、船には乗ってみよ。三六〇度の水平線から昇って沈む太陽、白い雲、青い海、二十四時間変化に富んだ揺り籠。たまらんです、たまらんです。ああ、もう、乗りたい！

船が呼んでいる！

（二〇〇二・八　「日経おとなのＯＦＦ」）

かなしみの変容

小学校にあがるかあがらないかの、おさないころ、夕暮れが毎日、かなしくてしかたなかった。

ちいさな濡れ縁に、父の黒い鼻緒の下駄をつっかけ、白い雑種の飼い犬の肩を抱き、暮れなずむ空を見上げては、ほろほろ涙をこぼしていた。

ああ。空がずんずん暗くなる。もうすぐ今日は行ってしまうのだ。また寿命が一日なくなってしまった。

寝床にはいってからも、泣けてきた。死ぬのがこわい。いやだ。なんで、わたしは生まれてきたのだろう。

こどもというのは、いのちが濃い時期だから、死に対する恐怖が、ことのほか強いのだとおもう。

中学のとき、その犬が死に、祖父も死に、大学以降、祖母が死に、また、もう一方の祖父も死に（もう一方の祖母は生まれる以前に死んでいる）、末期と死体と葬式を、間近に体験した。あっけなかった。こわくもなかった。

それからも、師が死に、先輩が死に、友人が死に、後輩が死に、恋人も死んだ。死は、日常のなかで、けっして、とくべつなものではない。いつも唐突に、予期せぬ大量のかなしみを、どさんと投げ込んで来る。

そんなときに、「一日も早く、立ち直って、元気出して」とはあまりにも、無神経な慰めだ。

かなしみは、消えない。ただ、その性質が、深く染みとおり、やさしく、なめらかになるだけで、一生背負わなければならない疵（きず）として、受容するほかに手だてはない。

中年と呼ばれる年になり、いつしか、生より死の比重が勝って来た。もう、夕暮れは、かなしくはない。自身の死へのかなしみよりも、置き去りにされる、かなしみのほうが、より重たい。かなしみは慈しみの肥やし、という。かなしみを、受け容れてこそ、他者への慈しみのこころを養う。かなしむことは、慈しみとおなじ、愛の表現で、それは、ひとに与えられた、最強の力かもしれない。

（一九八八・十一「Forbes」）

わたしのおはか。

瀬戸内のとある小島に行ったとき、おもしろい墓にであった。人里からはなれたへんぴなところに「うめばか」があって、家のちかくに「おがみばか」なるものがある。うめばか、とは、死体を埋めるための墓で、おがみばか、とは、日常の折々に、拝むための墓である。

死者の眠る真上に、生者が足しげく通うと、土中の骸（むくろ）に里心がついて、妙なこと（いわゆるゾンビ）になるのをふせぐため、ふたつの墓をもうけるのだ。おがみばかの方は、骸を脱ぎ捨てた魂の宿り木として機能する。魂こそ尊く、それは、その魂のかつてあった記憶の存在するかぎり、この世にとどまりつづけ、それとは反し、抜け殻となった骸の方は、一日も早く、栄養豊富なアミノ酸として分解し、自然界に帰するのが望ましいとの、じつに合理的かつ心やさしい配慮ではないか。

おなじ瀬戸内の小島に、海を見下ろす日当たりの良い急な斜面に、ずらり墓が並ぶ景色がある。これを「だんだんばか」と呼ぶ。段々畑のつくりであるから段々墓、なのだが、だんだんばか、の響きは、初めて聴くと、いかにもおかしい。だんだんばかの石段を登りながら、容赦なく照る西国の日差しにあおられ、脳天がだんだんばかになるような思いがした。

ところで、自分が死んだら。

どういうふうに死ぬのかは、なかなか予定がつかない。病気で病院で、スパゲッティのようにチューブをからませて、脳波・心電図を平らにして死ぬのか、乗り物事故で生ハンバーグのようにぐちゃぐちゃになって、家族や歯医者に確認で手間をとらせるのか、あるいは殺されてトランクに詰められ埋め立て地で腐乱するのか、バラバラにされて公園のゴミバコに捨てられるのか、首吊って糞尿垂れてぶらぶらしてるのか、自然死して発見されずミイラ化するのか、どんなになっても、死んだからには、文句も言えない。

(自分の場合)四十キロの肉塊しかないわけだ。

われ死なば焼くな埋めるな野に捨てて飢えたる犬の腹を肥やせよ、とは「東海道五十三次」(永谷園のお茶漬けの付録で、われらにはなじみが深い)で名を馳せた、江戸の売れっ子浮世絵師、安藤広重の辞世として伝えられる句であるが、これは広重のオリジナルではなく、昔からあった道歌のひとつらしい。

こんなのはまさしく理想だが、百五十年前の広重の時代でさえ、江戸には死体を捨てる野もなければ、それを喜んで食う犬もいなく、あえなく遺族によって、型どおりの葬儀がとり行われた。

「死体の遣り場に困っております」とは、落語「らくだ」のアニイのセリフだが、死体の遣り場にはほとほとこまる。死ねば自爆して霧散するショッカーの部下、人間モドキ（正義の味方・仮面ライダーの邪魔をする悪漢の殺陣集団）のようなら、まことに都合が良いのだけれど、それもかなわない。不自由なものである。残骸の焼却に、たいへんなカロリーを要し、燃えかすを陶器のツボへうやうやしく納め、源氏名を貰うのにばかな金を使う。

墓はいらない。辞世も止す。死ねば死んだで、それでいい。その後はいらない。死ぬときには死ねばいいし、死ぬときが来なければ、死にたくとも死ねない。結局、誰しも、死ぬまで生きる。

墓はいらないとして、はやりの「散骨」だが、あれも勿体らしく厭らしい。いっそ、SF「ソイレント・グリーン」のように、飼料にでも転用できればいいのだが、今のところ、それを請け負う業者もないし、有機栽培の畑の肥料にすらなれない。ざんねんだ。

葬式もいらない。願わくば、ひっそり死んで、「近ごろ見ないけど。へー、半年前ですか。ちっとも知らなかった」てのが最高なのだが、日ごろのおこないが悪いと、そうは優遇されまい。

戒名はもちろんいらない。その分の代金を、焼き場に上乗せして、骨もなにも残らないくらい、念入りに二度焼きして欲しい。体のほとんどは、煙突の先から上空へ行くのだから、もう少しちゃんと燃やせば、キレイサッパリ無くなれるじゃないか。

きちんと燃して、きちんと無くなる。

それが唯一の望み。自分は自分の持ち時間を百パーセント使い、自分の体重分を百パーセント消費する。これ以上のエゴはない。世間体が悪けりゃ、せいぜい石コロひとつの「おがみばか」でも転がしといてくんなさい。

と、たのんでみても、いざとなれば「型通り」に処理されてしまうんだろうな。そのときは死体だから文句も言えないし。ああ。

（一九九四・十「東京人」）

いのちの読書

『平家物語』

物語。『平家物語』は、まさに物語中の物語だ。

物語とは、ひとりの作者による、ひとつの創話ではない。書き継がれ、読み継がれ、語り継がれるごとに、しだいしだいに、感応の触手を増やし、やがて、千手観音のごとき通力をもって、接するものすべてをとりこみながら、変幻をくりかえし、瀬を深め、うねり広がり、対岸の見えぬほどの容となり、果てしなく、渦を巻き、膨張しつづける宇宙、それこそが、真の、物語だ。

そんなものに、うかと、のめりこんでしまえば、おそらく寿命をちぢめてしまいかねない。紅蓮（ぐれん）につつまれ、現実に還れなくなる。だから、物語はいいかげんに読むべし。いいかげんとは、手を抜くことではなく、あつくなくぬるくない、ちょうどいいあんばいの湯加減の意で、湯冷めしないほどの読後感がのぞましい。

本書は、講談社の月刊誌「本」に、一九八九年一月号から九五年一二月号まで、七年間にわたって連載されたエッセイ。

うつくしく、おぞましく、おろかで、あわれな、『平家物語』のラビリンスの森を、木々の間を自在にめぐる小鳥の視点で読みほぐしていく。けっしておぼれぬ、小休止の枝をもち、鳴禽のソナタとも称したい、繊細かつ潔い文体で、一部始終の顛末を告げる。

個々の章は短く、ぽつりぽつり読めば、花の木の下で、まどろむようにここちよい。しかし、ぐいぐい読み進むうち、たそがれ時の迷子になった気分で、こころもとなく、不安がつのり、むしょうにひと恋しくなってくる。

あとからずんとこたえる、ずいぶん重たい本だ。湯あたりせぬ程度に、つらつら「いいかげん」に読むのがいい。

いま、こうして手のうちにある分厚い頁は、つれづれなる筆のすさびの、いわゆる世事雑感の凡百のエッセイとは、いちじるしく曲を異にする。幾星霜を経た、壮大圧巻なる物語を、やんわり両の手のうちに包んだかとおもえば、つれなく闇の彼方へ突きはなす。琵琶法師の弦のおののきをつたえてあまりある、妙手の語り口。選び抜かれた文字、研ぎ澄まされた表現。

すぐれた語り部を得てこそ、物語は命を吹きこまれ、蘇る。

「『おごれる人も久しからず、只春の夜の夢のごとし。たけき者も遂にはほろびぬ、偏に風の前の塵に同じ。』冒頭に聞こえていたこの声がさいごに残る声とはうすうすわかっていたなどと言ってみても、何を言ったことにもならないほど、さいごに残ったこの声は坩堝の底の煮えたぎる金くずのようにごうごうとひびいて仕方がない。

（著者あとがきより）」

物語は終わらない。世に語り部のあるかぎり、未来永劫、輪廻転生して、穢土につなぎとめおかれる。

かくて、物語「平家」は、はるかむかしの古典にとどまらず、いつなんどきでも、われらの昨日今日明日をも飲みこみうる、超現実となってたちあがる用意を秘めている。

「平家」は軍記ものであるから、全編をつうじて、色濃く生死が語られる。幾千もの命運の流転が、うたかたの泡と、かつ消え、かつ結び、無常の波間にさらわれる。それらの光芒は、聞き手（読み手）の目鼻耳口肌の五感を、瞬時に射抜いて去っていく。緋おどしの腹当て、炎上する黒煙、人馬の地響き、すえたる刑場、驟雨の行軍。だが、しかし、向き合うわれわれは、ただひとりの生身だ。背筋をただして、いちいち引導を渡せるわけもない。

ちょうどよい。

「平家」は片膝たてて、頬杖ついて、半眼のポーズで、吹き抜ける風と、やりすごすが賢明。だから草木の芽吹く、春眠のつれづれに、ぐだらぐだらとひもとくぐらいが、ちょうどよい。

この書も、つかずはなれず、絶妙なる間合いをたもちつつ、「平家」を子細に傍観する。しかし、いにしえの名作をありがたく説き聞かすのではなく、あらおもしろく読み解いていく。著者自身「おもしろい」と度々つぶやきつつ、「平家」の空をかすめ飛ぶ。初夏の燕の飛翔に似、眺めてたのしく、優雅かつ果敢、爽快だ。

物語とは、教養のテクストではなく、詰め将棋、クロスワード・パズルに類する「仕掛け」のゲームだとわかる。決着の判定は、こちら（受け手）の胸先三寸に預けられている。でも、憎いこと。

かつて、われわれは、物語をもっていた。蔵の奥に積まれたつづらのように、合わせ印（題名）だけの、埃（ほこり）まみれの物語を。いまひとつの封印を解くに、厄介なことはなにもない。著者の翼につかまり、耳をすませば、胸にとどく「祇園精舎（ぎおんしょうじゃ）の鐘の声」。

とにもかくにも、ゆるり召しませ。こは七年の旅日記だもの。

（杉本秀太郎著　講談社）（一九九六・三「毎日新聞」）

『おさかな談義』

歳暮れて、いよいよ日本酒のうまい季節になった。よい酒は、細首のガラス瓶へ高貴な媚薬を滴らす手付きにて、軽く閉じた唇から喉奥へ、ゆるりとろり送るのがいい。あれこれ食いちらしながら飲むのは忙しく殺風景で、ことに、パリポリガリゴリ、歯の丈夫なのをこれみよがしに誇示するがごときツマミには、はなはだ閉口だ。自分の鼓動が聞こえるほどの静寂が、なによりのもてなし。そんな宵、うってつけの肴に、こんな一冊はどうだろう。

「春から夏にかけての、のたりのたりと油を流したような洋上に浮いて、深く眠りこけるえびす鮫（評者注・ジンベイザメ）。この鰐口で猛鱶に似た巨大漢は、全くの見掛け倒しで、のろまでおひとよしである」

シャチは「海底の常勝将軍」、タコは「丸裸で勇敢」、スズキは「飄々と人を化かす海の狸」、ウツボは「無分別な猪突猛進」、イセエビは「緋おどしの鎧を召した白い肌の姫君」、ヤリイカは「白面長身の貴公子」など、たくみに擬人化して眼前にエスコートしてくれる。踊り手のつぎつぎかわるエンドレスの舞踏会のようだ。

著者は、明治二十年生まれの水産技師。およそ二十年間漁場にくらした。本名「さだのすけ」、ペンネーム「ていのすけ」。戦中戦後にかけて、数冊のさかなの著作を残し、昭和三十六年永眠した。

いわずもがな、さかなの造詣（ぞうけい）は幾千尋（いくちひろ）もの海の深さに等しい。洋上で海老反（えびぞ）って棹（さお）を振るい、海中で蟹の低身で銛（もり）を構えた。

さかなは、ひとの餌として生を授かったのではない。大洋のうちのほんのわずかな、ひとしずくのおこぼれが、肺呼吸をする陸生のわれらの筋骨となる。そのむかし、命をことほぐ敬謙な漁が、たしかに営まれていた。それを知るかれが、さかなを語るとき、「のろま」、「まぬけ」、「けなげ」、「あわれ」、「ふびん」、「お魚（ひと）よし」、「弱虫」、「いたましい」がくりかえされる。

「彼らの力で突進すれば、網くらいは濡れ紙のごとくに破り得られるのだけれど（中略）ただオロオロと銛を打たれ」たあげく、むざんな嬲（なぶ）り殺しになるセミ鯨や、

「鯛網の、細い麻糸さえ得切らずに往生」する巨漢のウバ鮫や、

「一族肉親、みる間に引っかけあげられる惨劇を目のあたりにみながら、なお性こり

もなく漁火に狂いよる悲しい性を持たされてい」るスルメイカや、「友だちが釣り揚げられているのに、餌に狂う（中略）呑気者」のサヨリや、「前日か、前々日あたり釣り落と」されたトンボマグロ（評者注・ビンチョウ）が「口辺に生々しい傷」を見せつつ、悪夢ふたたび漁師の鉤へ「無謀にもまた食う」という、幾多の生死に接し、なおこの星にともに生きる宿縁を、是とし幸とする。

だからこそ、かれは魚たちへ、「俊敏」、「怜悧」、「勇猛」、「見事」、「天晴」などの最大級の賛辞をおこたらない。

本書は、五十年以上も前の随筆集の再版で、太平洋戦争開戦前夜、昭和十六年十一月と、戦況まっただなかの昭和十八年一月刊行の、二巻の合本となっている。

その時節、いったいどんなひとがこの本に出会ったのだろう。

「頭が悪そうで、向こうみずの悪食家」のウツボですら、けっして共食いはしない。無敵の智将シャチは、仁義なき災難ともいうべき網に囚われた仲間を救いに、四日間にわたり、危険な漁場にアタックした。鮎の友釣りは、かれらの縄張り争いの習性を利用するというが、あれは、なすすべもないあわれなともがらを救いたい一心の、果敢な義憤であると解する。

著者が、さかなたちの友愛を、しみじみ述懐しているさなか、われら人類は、あさましくおろかな共食いを、くり広げていた。

そして、著者はこのときすでに、さかなの未来を案じている。

「(サケの)遡上する行く手をダムに阻まれたりしたらと思うと、じつに心細い限りである。(中略)(ニシンの)発育が近来よくないのは、森林の伐採などが一つは原因しているのではないか」

著者は、「ピンポン玉のような小坊主」イイダコと海中散歩したり、ハゼとコエビの弱きもの同士の共棲をかいまみたり、潜水服からたちのぼる排気泡を、アジの群れのなかの数尾がパクリとやるのをみあげたりしながらも、鉤や網を繰って日夜漁をする。

生き物礼讃の本ではない。ましてやグルメ本でもない。それでも、彼の来所を量りつつ、今宵は、おさかなで一献やりたくなる。むべなるかな生きることは食べることと身に沁む一冊である。

(三浦定之助著　博品社)(一九九五・七「毎日新聞」)

『イワシの自然誌』

イワシをしらぬひとはいないだろうが、イワシの生活について、わたしたちは何もしらない。

「海の米」と呼ばれる、豊かなイワシの群れは、ひとのくらしと、ブリやカツオやカモメらの腹を、肥やす。陸海空すべてをうるおすことのできる、エネルギーの宝庫だ。無尽蔵とも思えるイワシだが、数十年から百年の周期で増減をくりかえすらしい。

筆者は、「いつ、どこで、どれくらい、イワシが獲れるか」を漁船に伝えてきた「イワシの予報官」である。みずから「漁海況予報事業の申し子だ、と自負し」ながらも、イワシと「三十数年もの長い間つきあってきた手前、選択を誤ったなどと愚痴もいえないが、正直なところ対象の奥深さに途方に暮れることが多い（中略）。マイワシの増減の周期から見れば、私の研究期間などは一周期の半分にも満たない時間なのである」と、この弱く小さな魚の、巨大な存在を、畏敬する。「イワシを生物としてよりも、利用すべき資源と見なして」いたことを省みて、「できるかぎりイワシの立場にたって観察しようと」いう思いをこめて、三年にわたって執筆したのが本書で、小さな新書版ながら、手の中で、銀鱗きらめき跳ね、磯の薫りがほとばしるような一冊だ。

近年の豊漁は八〇年代半ばで、現在は最盛期の六分の一の不漁となっている。イワシの増減は、気候や海流などの外的要因ばかりではなく、イワシ自身が性質を変化させることにより、種の維持をコントロールしているのではないか、と著者は考える。イワシの増減による漁獲高の推移は、六十年から百年の間隔で、大きくうねる波形を描く。膨張と収縮、それはイワシという種の脈拍のようにもみえる。

一尾のイワシは四万個の卵を産む。イワシは卵から成魚まで、すべての段階で捕食される。生後五十日（約十五ミリ）までに、およそ九十九パーセントが消耗する。三カ月（四十ミリ）のマシラスの生存率は、〇・〇〇数パーセント。十五センチほどの一歳魚は、四万個のうちから生き残った、たったの数尾となる。大量に産んで、大量に捕食されつつ、かれらは一億年以上をすごしてきた。

イワシは弱い魚だ、が、種としては強い。

あるひとつのイワシの群れは、長さ百五十メートル、幅十五メートル、厚み四メートル。「群れの形はさまざまで、円形よりも三日月形や紐(ひも)状に長い形が多く、数時間内にアメーバのようにつぎつぎに変形していく」という。イワシの群れを全長百五十メートルの回遊魚とみたなら、シロナガスクジラの五、六頭分で、海洋最大の生物となる。それは膨大な他の種を養い、支配せず君臨する海神そのものの姿ではなかろうか。

イワシ漁は、わが国の総漁獲高の約四割をしめる巨大産業で、その豊凶は経済全般に影響をおよぼす。食用にされるのは一割たらずで、他は飼料や油に使われる。食用も加工品が大半で、生鮮は一パーセント前後に過ぎず、年間国民一人あたり、四、五尾にしかならない。イワシは、飼料も肥料も求めず、生態系をおびやかすことなく自制の中で繁栄し、天然プランクトンのみで豊富な栄養素を蓄える、地球に優しいエコロジーな生物である。人類は一億年を見はるかすことなど不可能だが、イワシはさらに一億年をも悠然とむかえることだろう。ただし、人類が地球にこれ以上の仇をなさなければの話だが。

（平本紀久雄著　中公新書）（一九九六・八「毎日新聞」）

『日本糞虫記』

買ってすぐ電車内で読みだしたら、頰がほころんで仕方なかった。駅からの道、本を胸に抱き、帰宅した。

久々のうれしい「お年玉」となった。

小学生の夏休み、少年少女版『ファーブル昆虫記』に夢中だった。大学中退した梅雨、ローレンツ『ソロモンの指輪』と出会い、心晴れ晴れとした。そして、隠居し(昨年来、自称隠居となり、道に楽しむ道楽余生を目指す)、この『日本糞虫記』を得た。

「フン虫とはコガネムシのグループで、動物の糞の中に入り込み、それを食べ、巣孔に持ち込み、卵を生み育てる。あるものは動物の死体や吐出物を好む」。子供の頃クソムシと呼んだ、干からびた糞の下にうずくまる、黒い小さな甲虫もソウだが、古代エジプトの王族に愛された、聖たまこがね、スカラベもソウだ。

「糞の中に生活している昆虫であるからあまり人気がないのではと考える方も多いと思うが、実際にはフン虫の人気は高い」そうで、著者は、フン虫を「人間でいえばまるぽちゃ美人」と言い、ある種の金属光沢を持つフン虫を「アメジスト」と称える。「糞という虐げられた環境の中に、このような美しい生物が生きていることは不思議なことであるが、糞には宝石のような甲虫が生活していることを人々に知ってもらう必要があると考えて」書かれた本である。

フン虫や菌類は、排泄物や死体を分解して植物を育む豊かな土壌を造る。彼らは、死から生への連環のつなぎ目を担う、自然界というネックレスの留め金部分である。そして、ペンダントヘッドとして、中央に重くぶら下がるのが、我々人間だ。「ピラミッドの頂点に立ったものは何をしてもよいように思ってしまうのが常である。たまたま頂点に立った人間がいつのまにか地球は自分たちのものであると思ってしまったのである」。著者は人間の傲慢を憂い、虫たちへ鎮魂歌を捧げるのだが、本書の魅力は、それがしかつめらしい警告とならず、長文のラブレターとなっているところだ。

尽きせぬ思いは、全編に満ち溢れる。フン虫をたずね野山を行脚する姿は、深草少将の熱情をはるかに凌ぐ。

奈良公園を歩いては、鹿の糞を探り、森へ入れば、鳥獣の腐乱死体を探す。登山ルートで、人糞から採集し、「どうも他人の糞は気分が悪い」ともらし、「すぐに林の中で野糞をして、毎日何回か調べに行」き、「やはり自分の糞は気分がよい」と。つれあいとの旅行でも、海岸に夫婦でしゃがみ、砂をフルイにかける捜索作業を延々と続けるのだから、とんだフルムーンである。

ファーブルのように華麗でも、ローレンツのようにドラマティックでもない。飾り気のない文体は、京のぶぶ漬けのように、さらさら腹におさまり、ほっこりぬくまる。読み物としてだけではなく、有り難いのは、参考文献をはじめ、地域別分布系の比較、国産フン虫目録などを並べた巻末付録だ。それは、著者を含む虫恋ふる者たちが、数十年を費やして、足で思考し、手で対話した、貴重な記録の一部である。

フン虫を掌にのせ、大地の記憶をたどる著者の肩越しに、開発と言う名の破壊を繰り返す、人間の業が見えて来る。

（塚本珪一著　青土社）（一九九四・一　「毎日新聞」）

『疱瘡神』

「〝疱瘡神〟とは言っても、現代人の耳には不慣れな言葉となっており、包装紙と勘違いする者もあったり」する時代となった。

一九八〇年に疱瘡（痘瘡、天然痘、smallpox）は、WHOにより絶滅宣言が出された。

左肩先に触れてみると、指先にかすかな凹みを感じる。かつて、ノースリーブを厭がる娘もあった。いまや、真夏のはじける歓声のなかに、この痕跡のある子は、もういない。

はじめに、「医学の分野からみれば、すでに時勢に合わないテーマであることは勿論である」とまえおきして、ここでは「疾病の歴史ではなく疾病対抗法に見られる庶民信仰の発生過程を探ることを目的とする」と明言してある。本書は、一九九一年秋、パリで出版された研究書の、著者自身による邦訳版である。

著者ハルトネート・O・ローテルムンド氏は、一九三九年ドイツのヴェルツブルグ生まれ、日本宗教史、民俗学専攻。宮田登氏の解説によれば、『露田主水』の名刺をもち、鮮やかな日本語を駆使する長身碧眼(へきがん)の「氏は、「出羽三山をはじめとして、修験道の霊山を歩きまわり」、「日本の並の研究者以上に、自由自在に古文書を解読」する。現在、フランス国立高等研究院の宗教学部教授で、かれの研究室入り口には、道場さながら「日本宗教・民俗研究所」の看板が、墨痕淋漓(ぼっこんりんり)、ぶら下がっているらしい。

昨秋、日本語版が出されたネリー・ナウマン氏の大著「山の神」等、ヨーロッパにおける日本文化研究は、いまひときわ光彩をはなって見える。かれらの魅力は、長年培われてきたアカデミズムの手法にあるように思われる。根気よく時間をかけ、資料を丹念に広く収集し、結論を急がず平明に並べる。無尽蔵の遺跡のなかで、とほうにくれることなく、ごくあたりまえの日常のように、発掘作業を続けるかれらの現場からは、鼻歌さえ聞こえてきそうだ。

研究書を読むということは、そんな現場を、労なくして、かれらの肩ごしにのぞき見ることだ。かれらが一生をかけているものに、しばしまじわる数時間は、たとえようがない快感だ。

さて、「疱瘡神」とは、どのような神であったのだろうか。一度かかってしまえば二度とかからないこの病は、人の吉凶をわける通過儀礼としてうけとめられていた。いつかは渡らねばならぬ川なら、すこしでも浅く、おだやかに、短い瀬にめぐりあいたい。子供が疱瘡にかかると、その枕もとに「疱瘡棚」をつくり、数々の供え物をし、身を謹んで祈る。そこにまつられるのが疱瘡神である。疱瘡神は、疫病をもたらす神であるにかかわらず、あろうことか、その元凶へ、軽く早い病の平癒を願うのだ。

「人々がこの神に寄せる信仰の内容には、あまりにも多くの矛盾があるように思われてならない。もしも疱瘡神が疱瘡をもたらす神であるならば、この神は悪神であって、即刻、追い祓われるべきものであろう。また、もしこの神が疱瘡患者の守護神ならば、この神が疱瘡をもたらすはずはないのである。一体、疱瘡神は悪神なのか、善神なのか」、「それは、多くの〝流行神〟がそうであるように、疱瘡神も信仰され、崇拝されることによって、悪神から福神へと変化していくものであるから」で、「疫病守護神としての疱瘡神は、しばしば『……明神』とか『……大明神』という呼ばれ方をしていた」。著者は、江戸期に描かれた数々の「疱瘡絵本」をとりあげ、「こどもを大せつにまもりますこと、ちっともゆだんハいたしませぬ」と見得をきる疱瘡神や、「さまざまのあくまげどうかぜのかミ」を菖蒲(しょうぶ)刀で退治する疱瘡神の勇姿を紹介する。

子の生死にかかわる試練を、敵にまわさず、味方につけて、なんとか乗り越えようとする親の祈りが、「疱瘡棚」にあらわれている。疱瘡神を歓待し、かれが死をもたらす神ならば、生命をも授けることができるとして、その霊力にすがった。

かつての日本人の病気観には「闘病」のことばはない。病とは、たとえば、きむずかしい来訪者であった。当初、困惑ののち、なんとか先方の用件をくみとり、大きなトラブルへ発展させぬよう、心をくだいて接待し、機嫌よくお帰り願うのが一番である。

民間医療が未開発であり、まじないや祈りに頼るほかなかったのは、われわれから見れば、いかにもあわれであるが、「禍い転じて福」、生死、吉凶、明暗、善悪という表裏一体の世界観を受容していたかれらの日々は、つましいが、われわれほどにあわれではない。病が、憎むべき理不尽な敵にしかうつらないわれわれは、大病を得た時、バンザイを背に、出征するかのような悲壮感につつまれるのだから。


（H・O・ローテルムンド著　岩波書店）（一九九五・五　「毎日新聞」）

『江戸 老いの文化』

「おいれのよいを仕合と存じてをります」。「おいれ」とは「老い入れ」で、さきのセリフを現代語訳すれば、「老後に恵まれて幸せです」となる。「『老後=老いの後』より『老入=老いに入る』のほうが適切な言い方である。なにより『老後』というと後ろ向きのイメージがあるが、それに対して『老い入れ』は前向きである。老いを大事にしていた江戸の人たちは、老いを表わすことばも大事に使っていた」(本書より)

本書は、江戸のひとびとが、病・老・死とどのようにつきあっていたか、当時の文献から読み解いていく。

けふからは日本の雁ぞ楽に寝よ

と俳人小林一茶が吟じた「日本」とは、江戸後期の空の下に展開していた日々のくらしのことである。

「この『楽に』ということばこそ、江戸庶民の生き方をもっともよく表しているのではないだろうか。おそらく、今日の日本の原型ができあがった江戸後期こそ、日本人がいちばん日本人らしく一茶のいう『楽に』生きていた時代ではなかったか。江戸を生きていた大多数の人びとは、ある意味では今日よりはるかに楽に生き楽に死んでいたように思えてならない」と著者は言い、さらに貝原益軒の「養生訓」でも、「楽」が重要なキーワードとなっている点を指摘し、「楽とはいえ（中略）安逸無為の『ラク』ではない。平静な心で生きる、ということである」と解く。

「闘病（病気と闘う）」といわず「平癒（平かに癒す）」、「老後」は「老入」、「死去（死して去る）」ではなく「往生（あの世へ生まれかわる）」と言う。

　これらのことばにみられるように、日々をいつくしみ敬う気持ちが、命をやさしく（優しく、易しく＝楽）養うことにつながるのである。

　健康や体力を真善美とする考え方は、江戸にはない。病んだなら病んだなりに、老いれば老いたなりのくらしがある。「い（癒）ゆるをいそがず、其自然にまかすべし（中略）『自然』とは、自然の『経過』のこと」で、病気を「治療するものではなく経過するもの」と人びとは、とらえていた。病という体験はメッセージであり、病を癒すことは、受信したメッセージを解読するための「時間的営為」と著者はいう。病を、他力的・受動的なシステムである病院にたのみ、最短時間で修復、除去することを最良とする「闘病」。そして、自然治癒力・自己回復力を最大限にたのみ、時間をかけ、やわらげ、しずめ、和解を目指す「平癒」。

日の出と日没が基準となる江戸の不等時法は、季節に寄りそうくらしのリズムをもたらした。不等時法では、夏冬の一刻が四〇分ほども開くが、それによって、夏の昼はスローペースで体力の消耗を避け、冬は短日を稼ぎ夜たっぷり休む。秒にも分にも無縁の江戸では「人も物もゆっくりと動いていた。人がその一生で蓄えた知恵や技能がいつまでも役に立った」「江戸の老人が生きやすかったのは、江戸のエコロジカルな時間にあったといえる」。著者は江戸を「老いに価値をおいた社会」とし、現代を、量・力・速を競う「若さの文化」という。老いを忌み、けんめいに若さを奉じる現代人の姿は、江戸人からみれば、さぞかしこっけいだろう。

老いを忘れ、病を病院へ隔離し、葬儀は業者まかせ。そんな中で、突然むかえる「病」や「死」は、恐怖の使者でしかない。「楽」とは程遠い生き方ではないか。

（立川昭二著　筑摩書房）（一九九六・七「毎日新聞」）

『脱病院化社会　医療の限界』

浜の真砂(まさご)は尽きるとも世に病人の種は尽きまじ。いつ行っても病院にはひとがあふれている。それらのひとびとには、担当医からそれぞれの病名が与えられており、病人として自覚させられ、一般社会からもそのように線引きをされている。だから一刻でも早く、この状態から抜け出さなければならない。そのためには、医療技術の城塞ともいうべき巨大病院の威光にすがり、生活のすべてを委ねるほかない。そう信じる。

それにしても、なんと病人の多いことか。かくいう自分も、大病院に通院しながらの日常生活を続けて、五年を越す。予約制なのに二時間待ち、採血三十分、検査結果待ち一時間、診察五分、支払い二十分、処方せん薬局三十分。自宅から往復二時間。昼食をはさんで、さらに四十分かさむ。この七時間強の拘束。しんどいときは、とても行く気にはなれないハードな一日だ。そこそこの気力体力なくしては病院には通えない。病院に通えるうちは、大丈夫ということか。

大病院、および先進医療が病人をつくる、と本書の著者は断言する。「人々に畏怖の念をいだかせる医学的技術が平等主義の美辞麗句と結びついて、現代医学は高度の有効性をもつという危険な妄想をつくり出している（以下「」内本書より）」。そして医療組織の社会的独占は「健康狂信者の神聖な環境の上に君臨」し、治療者は「ちょうど役者に役をあてはめるように」診断をくだす。巨大患者生産工場としての病院は「ほとんど非情なまでのやり方で――しかし一般的に受け入れやすいと考えられる方法で――支払う能力を越えてまで」患者に忠誠を誓わせ、医療サービスを儀式化する。

こうして「人生は検査と診療を通じて（中略）制度的に計画され」た「『生存期間』におとしめられてしまった」。その「生存期間は、医師が胎児を産ますべきかどうか、どのように産ますべきかを決定する出生前の検査にはじまり、医師が人工呼吸装置を止める指示をカルテに記載するときに終わることになる」。さらに「ますます豊富で強力になった」薬の投与は、一時的な痛みからの解放には有効だが、ほとんどの場合「薬をのむことで（中略）自らケアできるはずの身体をうまく取り扱う能力をうしなってしまう」という。

頁毎に医療への過激な発言がほとばしる本書は、二十年前に出版されたものの復刻版だ。二十年後のいまも、医療ミスや薬害は単に、運が悪かった、とみなされている。ひとびとの医療に対する意識が変わらぬかぎり、これらの事故（人災）はふえつづける一方だろう。

飛躍的な医学の進歩は、これまでどれほど多くの生命を救ってきたことだろう。それと同時に、どれほど多くの家族から尋常な死を奪い「個人的健康の非人間的なまでの低いレベルでいかしておくという」過剰な延命措置がなされたことだろう。

「医療の介入が最低限しか行われない世界が、健康が最もよい状態で広く行き渡っている状態であ」り、患者としての「彼が自分の内奥のものを管理にまかせるとき、彼は自立性を手放し、彼の健康は衰えざるをえない」と著者は締めくくる。よりよく生きるため、有り体の死を望みたい。生死に奇跡は起こらない。あえて医療の限界を知ることは絶望ではなく、個に立ち返るきっかけを与えてくれるはずである。

（イヴァン・イリッチ著　金子嗣郎訳／晶文社）（一九九八・十「毎日新聞」）

『愛する家族を喪うとき』

自分のうえにも、他者のうえにも、そして、最愛の存在のうえにも、死はさまざまなかたちで、かならず訪れる。その衝撃のスケールは、遭遇（認知）してはじめて（一挙にではなく）徐々に全容を顕わにするのであり、けっして事前に推測することはできない。

「本書は、私の癒しの体験と私が目に留めた癒しについて書かれた書などを参考に、悲しみとどのように向きあうか、『愛する人』を看取ったあとにどういう考え方が必要とされるかを軸にまとめている」（著者あとがきより。以下「」内本書より）

著者は『安楽死と尊厳死』等、医学・医療に関する著作が多く、終末期医療の現場を十数年来にわたり取材し続けてきた気鋭のジャーナリストである。

その著者が、平成五年二月に「二十二歳の世間のどこにでもいるような平凡な学徒」だった愛息を、不意の病で亡くし、あまりの喪失感の大きさに愕然とする。

永訣（えいけつ）は、だれもが直面する問題でありながら、有効な解決の方程式は存在せず、個々が向きあい遅疑逡巡（ちぎしゅんじゅん）とした手さぐりによる、暗中模索のほかに術（すべ）はない。

著者自身、月日を重ねながらの癒しの途上にあるが、悲しみは、消えてなくなることはない。「悲しみの内容が少しずつかわって」いく過程で、その「悲しみをどのように納得して自分が変わっていくかという意味をも」つことを知る。「この通過には多くの時間がかかる。この時間を無理に短縮したり、辛さを別なものに変えようとする『魔法の言葉も、魔法の行為もない』」「『一刻も早く忘れなさい』（中略）こうした言辞は、癒しの疎外の役割しか果たしていない」

著者はまた、死を受容した末期ガンの精神科医のことばを、対話録『生と死の境界線』からひく。「（昔は）もっと人間は自然に死んでいったわけでしょう。でも……医療の進歩で（中略）自然死ができなくなったということで、これから死を与えられる人は、もっともっと苦しまなければならないですよ」

現代は「一分一秒でも生命を延長させることを医学・医療の基本理念とし、それを実践するのが最大の善」であり、「脳死の判定や臓器移植という医療現場では死んでいく人がまるでシステムの中に組み込まれ、あれよあれよというまに遺族の悲しみを奪いと」る。「日本では死者の七五・九パーセントは病院で亡くな」り、「死は今や見えない所（病院の集中治療室など）に追い込まれている。これでは残されたものが死を学ぶことにも、死を理解することにもならない」。安らかな死は多くない。「医療機器に囲まれていてすでに意識もない状態が長時間にわたってつづくのではなく、最低限の治療で家族が患者の手を握るという空間で、生物体としての生命が閉じられる瞬間を見守るという」自然死の別れは、希であり、しあわせだ。

愛する人を看取るとき、やがて看取られる自分をも同時に体験する。「見える所」での死を看取り、愛の深さだけの悲しみを請け負うことにより、自らの死への受容のプロセスを踏む。よりよい死とは、死するときを過たず、迎えいれることではないだろうか。

そして、残されたものにとって癒しとは、愛する人を喪う以前の自分に戻ることではなく、「愛する人の志を自らのなかにかかえこ」んで歩む人生の再生であり、忘却や諦めは自虐でしかない。

（保阪正康著　講談社現代新書）（一九九七・九「毎日新聞」）

『今日は死ぬのにもってこいの日』

「今日は死ぬのにもってこいの日だ。
生きているもののすべてが、わたしと呼吸を合わせている。
すべての声が、わたしの中で合唱している。
すべての美が、わたしの目の中で休もうとしてやって来た。
あらゆる悪い考えは、わたしから立ち去っていった。
今日は死ぬのにもってこいの日だ。」

本書は、ネイティヴ・アメリカン（米先住民・インディアン）の死生観を、両の手の平で、水面の月光を掬い取るように、心を尽くして散文詩に書き留めている。かなしく、うつくしく、やさしく、きびしい。

著者ナンシー・ウッドの出自については、白人女性という以外、生年、何系の人種かさえ知り得ない。訳者あとがきによれば、彼女はサンタフェ郊外に孤独を友として住み「夏になると、コロラド州のロッキー山麓に、ヴィヴァルディやモーツァルトのテープを持ってハイキングに出かける。そして音楽を風に聴かせながら、山の中でダンスをするのだという。そうした彼女にとっては、恐らく毎日が『死ぬのにもってこいの日』であるのにちがいない」、そんなひとらしい。

彼女は、アメリカ先住民タオス・プエブロ族の古老に、長く私淑し、そのスピリッツをみずからの血肉とまで会得したのち、一語一句祈りのことばに刻みこんだ。原題を「MANY WINTERS」という。終焉の季節とされる冬を、いのちをはぐくむ再生の時間ととらえるタオス・プエブロの思想は、仏教の輪廻転生思想と共通し、やがて万人に等しくおとずれる必然の死を、体温ほどのあたたかさにして咀嚼させる。

「もしもおまえが
枯れ葉ってなんの役に立つの?ときいたなら、わたしは答えるだろう
枯れ葉は病んだ土を肥やすんだと。
おまえはきく、冬はなぜ必要なの?
するとわたしは答えるだろう
新しい葉を生み出すためさと。(中略)

おまえがまたたく、
夏が終わらなきゃならないわけは？と
わたしは答える
葉っぱどもがみな死んでいけるようにさ。」

本編はわずか百頁弱。大きな活字、たっぷりした行間。フォークロアに魅せられた画家フランク・ハウエルの挿絵が、随所に散りばめられている。小一時間、車中で読める分量。しかし、重い。長く手元に置きたい。そして、親しい友へ贈りたい本だ。

「わたしは世界の進歩よりも
一匹のアリの旅行にもっと深い意味を見た
世界の進歩なんてものは
今やスタートラインのはるか後方へ
落伍している。」

精進潔斎（しょうじんけっさい）のうえ求道（ぐどう）を促す禅とも、一方的な文明批判の自然崇拝ともちがう。「とにかくグールー的な個人崇拝が皆無で、カルトめいた言辞が見当たらないのもありがたい（訳者あとがきより）」。それは、乳房のようにやわらかく、髪の毛のように腐らない。わが生の季節がどんなに快いものか、まだ生きているうちに知ることができるように、かれらはしばし（すべての誕生と死を含む）大地へ、うつ伏せになってみる。そんな敬虔（けいけん）な生を取りもどしたい。

（ナンシー・ウッド著　金関寿夫訳／めるくまーる）（一九九七・十「毎日新聞」）

終

おいしいエッセー

朝ごはん

朝ごはんはいいな。

なんたって一日のはじめのエネルギーだ。朝ごはんだけは手を抜かない。

ごはんは、炊飯器のタイマーじゃなく、食べる分だけ小鍋で直火炊。お焦げが出来てうまい。始めチョロチョロ中パッパ赤子泣くとも蓋取るな。オーライ、まかしとき。

仕上がりはその日の出来心。米のコンディション、水加減、ふたつと同じ飯はなし。

さこそ芸当おなぐさみ。お代をいただく飯じゃなし、しくじりも一興ご愛敬。ナンノ、
いざとなれば、米は生でも食えるもの。

みそ汁。東に飯なら、西にはみそ汁。いいね。欠かせないね。まずは大根の千六本。

トトトントントン、朝からいいリズム。

大根大好き。捨てるとこないよね。葉っぱは、細かに叩いて、ごま油でさっと炒め、けずり節、から煎りした桜海老（ちりめんじゃこもいい）、酒、醤油で味つけ、汁気を切って器に盛り、すりごま、一味を振れば、飯が進むぞう。

皮は厚めに桂剝き、繊維にそって細く刻み、変わりキンピラに。みそ醤油に、砂糖と味醂とだしの素を合わせて味付け。ちょっと甘めがなんか優しい。

頭の柔らかいところを、短冊に薄く切り、海苔の佃煮や明太子や鯛みそを塗ってサンドしたのを、焼き海苔で巻いてサクサク。

しっぽの辛いところは、おろして絞った汁がお値打ち。蒲鉾を薄くそぎ切りにして、浸して食べると乙。卵焼きにかけても風流。

大根はエライ。いつも、近所の農家の無人販売で泥付きのを買って来る。百円から百五十円。葉っぱはビンビン、超元気。

白い飯と大根（葉っぱ付き）は、毎朝でも歓迎。卵や納豆は次席。朝ごはんは手早く作って、ゆっくりと食べたい。もぐもぐもぐもぐ。今日一日が実りますように。

ソバ

ソバはいいな。

なんか調子出ない。そうだソバ食ってなかった、ってことがある。

ソバは欠かせない。年間三百食はソバを食う。

ソバを道楽として意識し始めたのは、酒が自分のペースで呑めるようになって来た、三十路の峰に差し掛かったころからだ。

どちらも、間口が広く、底が無限に深い。蟻地獄のようだ。たかが、だが、されど、の、極みにある。

二百五十円の立ち食いから、二千五百円の手打ちまで、ソバはソバ。

当初は、老舗(しにせ)名店をやっきになって巡礼したが、いまは、ようやく、おだやかな境地。どのソバも、みないとおしい。百店あれば百の味。袖振り合うも他生(たしょう)の縁。うまいまずいより、尊きものは巡り会い。

五穀の外のソバは、いわばアウトローだ。やさぐれている。ソバの産地では、ソバ食をけっして自慢しない。背に腹はかえられない救荒食。日陰の食べ物だった。そこがソバの魔力だ。悪縁とはこのことか。

半端な午さがり、蕎麦屋の隅っこ。「ひや」と一言、喫茶店でレギュラーを頼むより早く、お通しと徳利盃が目の前に並ぶ。アスファルトの照り返しが、店の障子窓をハレーション気味に滲ませる。明るい時間に呑む酒。この、かそけき罪悪感こそが蕎麦屋の値打ちだ。半端な午さがり、こんなとこでこんなことをしている自分は、戸外の喧噪から降りている。いわばアウトローだ。ソバと性（しょう）が合うのもムベなるかな。

蕎麦屋は大人の腰掛けだ。ふっと一息さぼる空間。

自分はソバ好きと思っていたが、家でソバを茹でたことはない。まして打つ気は更々ない。つまり、ソバでなく、蕎麦屋という、つかの間の隠れ家が好きなのだ、と悟った。

一人酒のツマミ

一年三百六十五日、休肝日なし。皆勤賞の飲酒生活をしてずいぶんになる。

毎日呑む。朝からでもOK。悪酔い、二日酔いのためしなし。いとおだやか。日々爽快。

よほど酒が体に合うのだろう。厭な記憶はみじんもない。ただ、ゆるやかに、全身が満ちていく。

朝は、手作りの朝ごはんを、しっかり、ゆっくり食べ、食後、読み残しの本を片付け、午さがりに近所の蕎麦屋で、熱燗とセイロをたぐり、それから、本屋と商店街をへめぐって、買い物帰りに、なじみの寿司屋で、吟醸と魚をちょいとつまみ、自宅へ戻り、すこしばかり文字を綴って仕事して、深夜就寝前、読書しつつ寝床へあげあぐら、大振りの猪口で、純米酒をまぶたが重くなるまで…と毎日コウいきたいものだが、世の中ソウ甘くない。

朝ごはんだけは、完璧にやる。が、読書は昼寝に化け、蕎麦屋はかっこむだけの早回し、寿司屋は御無沙汰、仕事は締め切りに追いまくられて、いつだってあたふた。寝床で酒盛りの余力は、めったにない。

それでも、そんな果報な一献には、どんな色気が欲しいだろう。

シンプルなものがいい。手間のかからぬお利口さんで、しかもゴージャスじゃなくちゃ。せっかくの今日一日の緞帳(どんちょう)だもの。

宝石のきらめきを閉じ込めた、魚卵の瓶詰がいい。極上のキャビアか粒うに。これを深底の盃にすこうし。それから、浅底のたっぷりした盃に、一番海苔を焼いたのを、一センチ辺にちぎって盛る。準備万端。

酒を飲む。胃の噴門にさしかかるあたりで、おもむろに箸一本。魚卵をぽっちり、マッチの頭ほど取り、そこへ海苔をくっつけて食み、唾液をほとばしらせる。んまい。極楽。

年に二十日はしてみたい。

最後の晩餐

最後の晩餐とは、自分の命運が、明日まさに力尽きんとするときなのか、あるいは自分の体調にかかわらず、明日唐突に、この世が終わってしまうのか。

前者なら、味覚も消化器官もヨレヨレだろうから、およそロクなもんは食べられないだろう。チョモランマの雪解け水を少々とか、カモノハシの母乳をひとしずくとか。

後者なら、気力次第で、相応の暴飲暴食は許されるだろう。マツタケを次々焼いてスダチをしぼって食べ放題とか、タイの頰肉、ヒラメの縁側、フカヒレの姿煮、フグの白子をてんこもりにした酒宴とか。

両者のケースで、それなりに、まじめに考えた。ところが、マジになるほど、最後の食事は、格別変わったものでなくて良いように思えて来た。

どっちでもおんなじだ。最後の食事は、文字どおり最後というくらいだから、残り時間がないわけで、消化吸収の後、自力で排便するまでの猶予は、おそらく望めないだろう。口から入れ、尻から出して、食事は完結するのだから（少なくとも自分はソウ信ずる）、ただ食うだけでは、食事ではなく、生ゴミを詰め込むのに等しい。

なんも、カウントダウンの最中に、あわてて食わなくたっていいやな。けど、これじゃあ、このエッセイは成立しない。

ええと。なにか考えなくちゃ。なんだろう。

やっぱり白い飯、かな。それも、炊きたてのアツアツじゃなく、室温に冷めた残り飯。おかずなし。ひとくちは、甘くなるまでよく噛んで飲み込み、茶碗のひとくちには、水をかけて、噛まずざっとすすりこむ。ほんとの水漬け。

うまくなさそう。

最後の食事が選択出来るならの話だが、本気で考えた、最後の味覚だ。

（一九九六・二　「産経新聞」）

塩ご飯　最期の晩餐

なにか一品と問われれば、答えるものは、決まっている。塩ご飯。冷や飯に、塩をパラッと振る。冷や飯とは、その日炊いた飯が、室温に冷めたもので、冷蔵庫に一旦入れた飯では困る。昨今、飲み屋でヒヤというと、ガラスの盃を出され、ふっとイヤな予感がすると同時に、キンキンに冷えたのが来る。本来ヒヤとは室温に定まっている。キンキンのは、はっきり「レイシュ」と呼ぶべきだ。米、炊き方、塩は、頼む人に任せる。深い木椀、しっかりした木の箸で、もくもくと食べたい。白湯の冷ましがあれば重畳。

家族にも、もし先立ったら、仏壇には塩ご飯と頼んである。酒は好きだが、最期に呑みたいと思わない。ほんとうの酒呑みではないのかもしれない。

塩ご飯だけで、体が保てれば良いのだけれど、そうもいかなくて、日々いろいろ考えて食べなければならない。面倒な事である。


（発表誌未詳）

出典一覧

序 私の憧れ（『大江戸観光』一九九四・十二　ちくま文庫）

壱 元気な若旦那

「お江戸珍奇」より

変生／ポルノ／かげま／人擬／大奥（『大江戸観光』同前）

「杉浦日向子の日常噴飯」より

時代考証はカルシウム（『大江戸観光』同前）
本格オモシロ時代劇が見たい（『大江戸観光』同前）
来たれ、コニシキ・シンドローム（単行本未収録）
銭湯をくぐって社会に出よう！（同前）
ああ、世間はムツカシイ（『大江戸観光』一九九四・十二　ちくま文庫）
着物ってキモチ良い（『大江戸観光』同前）
今日も〆切、明日も〆切（単行本未収録）
まじり物でできた脳には若隠居（同前）
苦手な絵についての心境（同前）

安吾は他人とは思えない（同前）
デンジャラス・ヒナコ、東京タワーに登る（同前）
東京とサイゴまで付き会うぜ!!（同前）
ブームになったら「江戸」も終り（同前）

「ウルトラ人生相談」より

夢みて半世紀／われナベにとじ蓋／スモーサイコー／お粥で握り鮨／シャブリ女
（『杉浦日向子　ウルトラ人生相談』一九九〇・二　朝日新聞社）

弐

江戸人の流儀
江戸と私の怪しいカンケー（『大江戸観光』同前）
江戸の楽しみ（『大江戸観光』同前）
江戸のおんな（『うつくしく、やさしく、おろかなり』二〇〇九・十一　ちくま文庫）
粋とは何か（『大江戸観光』同前）
無能の人々（『うつくしく、やさしく、おろかなり』同前）
贅の文学（同前）
うつくしく、やさしく、おろかなり（同前）

参

浮世漫遊記

『東京イワシ頭』より　スッポンポン篇（『新装版　東京イワシ頭』二〇一二・五　講談社文庫）
『呑々草子』より　トライバスロン（『呑々草子』二〇〇〇・二　講談社文庫）
『入浴の女王』より　四条木屋町「明石湯」（『新装版　入浴の女王』二〇一二・七　講談社文庫）

四

若隠居の心意気
因果と丈夫（単行本未収録）
私の転機（同前）
隠居志願（『呑々草子』同前）
「きょうの不健康」より　不健康は健康のもと／いろんなかたち／病気自慢？／酒を呑むにも上手下手／巨大病院の外来
「ゴチマンマ！」より　ひとりごはん／ひとりの楽しみ
（『杉浦日向子の食・道・楽』二〇〇九・三　新潮文庫）
往復書簡「豊かな老いへ」・旅
（『往復書簡「豊かな老いへ」へどう生きますか』朝日新聞学芸部編　一九九二・一　朝日新聞社）
お山の大将／船旅道楽／かなしみの変容／わたしのおはか
（『江戸へおかえりなさいませ』二〇一六・五　河出書房新社）

伍　いのちの読書

『平家物語』／『おさかな談議』／『イワシの自然誌』／『日本糞虫記』／『疱瘡神』
『脱病院化社会』／『愛する家族を喪うとき』／『今日は死ぬのにもってこいの日』
（『江戸の旅人　書国漫遊』　二〇一七・四　河出書房新社）
『江戸　老いの文化』（『江戸へおかえりなさいませ』　同前）

終

おいしいエッセー（『江戸へおかえりなさいませ』　同前）
塩ごはん　最期の晩餐（『杉浦日向子の食・道・楽』　同前）

編者解説

松田哲夫

杉浦日向子は漫画家としても、江戸風俗研究家としても、その評価は、没後十七年経った今でも高く、多くの読者に愛読されている。その一方で、杉浦のもう一つの側面、文筆家（エッセイスト）としての仕事は、あまねく知られているとは言い難い。このアンソロジーは、杉浦の文章の魅力を伝えたいと、その粋を精選して編んだものである。

その結果、ほぼ発表順に並べた文章を読み進んでいくと、そこには杉浦が歩んだいのちの軌跡がくっきりと浮かびあがってくるではないか。

杉浦は一九五八年、東京都港区芝で、呉服屋の娘として生まれた。幼少期は新宿で過ごし、幼い頃から歌舞伎、寄席、大相撲に親しんでいた。

七六年、日大鶴ヶ丘高校を卒業、日大芸術学部美術学科に進学するが、一年で中退。稲垣史生氏の内弟子となり、時代考証を学ぶ。これで生活できるようになるには十五年かかると言われ、とりわけ好きだったわけではない漫画へと方向転換する。

八〇年、二十二歳の時、「月刊漫画ガロ」に投稿し入選した「虚々実々通言室之梅」で漫画家としてデビューする。江戸後期の浮世絵や洒落本の世界を引き継いだ表現、時代考証に裏打ちされた描写やストーリーの面白さで、漫画界に新風を吹き込み注目を集める。

八一年には「二つ枕」シリーズ、八二年には「合葬」、八三年には「百日紅」「風流江戸雀」と次々に連載を始め、「前夜」「東のエデン」「ぶどうのかおり」など秀れた短編も発表していった。

この頃、エッセイの執筆もさかんになる。このアンソロジーの第壱章には、初期の連載エッセイの中から若くて元気な杉浦の姿がホーフツとする活きの良い文章を選んだ。まず、「お江戸珍奇」（八四〜八八年「JUNE」）。下ネタ、オカルト、怪異譚など江戸の変わった風俗を紹介しているが、江戸文化に親しむのには恰好な入門書となっている（「お江戸珍奇」全篇は『大江戸観光』に収録されている）。

次に「杉浦日向子の日常噴飯」（八四〜八七年「第三文明」）。漫画家として売れっ子になった杉浦が、その多忙な日々の中で目にとまり考察したことをザックバランに綴っている。世の中にあるおかしな出来事を笑い、憤る日向子節が元気に炸裂していく。

さらに「ウルトラ人生相談」は、「週刊朝日」（一九八七年十二月～八九年十一月）に連載されたが、普通の人生相談とはうってかわった奇想天外な日向子流の回答で読者を楽しませてくれた。

このアンソロジーの第弐章には、江戸について書かれた多くのエッセイの中から、杉浦がなぜ江戸に惹きつけられたのか、その核心に触れた文章を七編収録した。

杉浦の案内する江戸ワールドに興味を抱かれた方は、既刊の江戸本の文庫版をおすすめする。ザッと列記してみると『江戸へようこそ』『大江戸観光』『うつくしく、やさしく、おろかなり』（以上ちくま文庫）、『江戸アルキ帖』『一日江戸人』（以上新潮文庫）、『お江戸風流さんぽ道』（小学館文庫）などである。

このアンソロジーの第参章には、九〇年から六年間にわたって「小説現代」に連載したイラスト入り体験ルポの三部作から、それぞれ一編ずつを選び収録した。「東京イワシ頭」（九〇～九二年）からは最終回の「スッポンポン篇」を、「呑々草子（のんのんそうし）」（九二～九三年）からは「巻の七」の「トライバスロン」を、「入浴の女王」（九四～九五年）からは「饗の三」の「四条木屋町「明石湯」」を選んだ。

これらのルポは、二十世紀末から新年号・平成へとめまぐるしく移りかわっていく世態風俗を、バブル、オカルト、グルメ、エステといった時めく場所や人、あるいは時代の流れからはずれた人や場所と出会い、その時体感したものを赤裸々にレポートするというものだった。杉浦は、入社したての新人編集者ポアール・ムース（森山悦子）を旅の道連れに、弥次さん喜多さんばりの珍道中を繰りひろげる。

一方で取材対象については、入念な調査を怠りない。例えば人面魚の場合は、古い文献にあたり、時代の転換期には人面獣や獣面人が跳梁跋扈するなどのウンチクを披露してくれたりする。

さらに注目すべきは、文筆家としての仕事を積み重ね、練り上げてきた日向子文体が完成の域に達していることだろう。同時代に活躍した椎名誠、糸井重里、嵐山光三郎、泉麻人といった人々の文体とは一線を画し、江戸後期の戯作をそのまま持ち込んだような迫力に満ちた語り口で、愉快な表現が次々と湧き出てくるのだった。

質・量ともに杉浦エッセイの白眉とも言うべきこの三部作、未読の方は是非、御一読されることをおすすめする。

順風満帆に見えていた杉浦の人生に黒い大きな暗雲が迫ってきていた。九三年の春、入院した病院で、血液の免疫系の疾患で白血病に近い難病であると診断された。そのために、ハードな締め切りのある漫画を描き続けることはできないと漫画家引退を決意し、隠居になることを宣言した。「隠居志願」は、「呑々草子」の一回分の大半を費して、自らの病を語り、これからの生き方についての決意を述べている。また、第弐章に収録した「うつくしく、やさしく、おろかなり」は、「隠居志願」と同じ時期に書かれた文章で、岡本綺堂文学の案内であるが、同時に杉浦の隠居生活についての決意のほどを示した文章とも読める。

杉浦は決して楽隠居の道を選ぶことはなかった。自らの限られたいのちを抱きしめ、「自分を選んでくれた病気」と真正面から向きあって生きることを選択していったのだった。

まず、こういう日常を飾り気のない文章で健康雑誌、料理雑誌などに書いていった。この時期の心理や思索は、このアンソロジーの第四章に収録されている。

また、江戸風俗研究家として学んだことを伝えるべく、NHKテレビ「コメディーお江戸でござる」に九二年から二〇〇〇年まで出演し、簡潔かつ鋭敏な切り口で江戸文化、風俗の本質を語り続けていった。

さらに、「毎日新聞」の書評委員を九三年八月から二〇〇〇年三月まで務め、自らの関心に従って異色の本を選んでいった。意外なことにそこには小説や漫画の本は一冊もない。江戸東京関連の本がかなりあるが、それにも増して、「死」「病気」「老い」「医療」、さらには「いのち」「地球」「生き物」といったテーマの本に強い関心を抱いていることに圧倒させられる。これらの書評から九篇を選び、このアンソロジーの第伍章とした。（さらに書評をお読みになりたければ、『江戸へおかえりなさいませ』『江戸の旅人　書国漫遊』（共に河出書房新社）に全篇収録されている。）

二〇〇三年、血液の難病は寛解していたのに、今度は咽頭にガンが発見された。二回の手術を受け、その直後、〇五年一月に付き添いなしの一人で南太平洋クルーズへと旅立っていった。自らのいのちと地球全体のいのちを見つめる思索の果てに、大海原への航海を望んだのではないのだろうか。杉浦が洋上でイワシの群れに遭遇する場面を勝手に想像してしまう。

杉浦は最晩年、短い小説を書き始めていた。『ごくらくちんみ』『4時のオヤツ』である。市井の人たちの生き死にをしみじみと描いた掌編は、ズシリと重いものを私たちの心に残していく。

例えば『ごくらくちんみ』の「ほねとかわ」の最後には、こんな文章がある。

「生きている今が、与えられた現実のすべて。解ったつもりでも、死は誰にとっても初体験なのだから、その瞬間は怖い。なにせ、その後が解らない。ともあれ、とりあえず生きている。骨と皮の間に命がある。たいしたことない、唯一の命が。」

二〇〇五年、死去。享年四十六。もう少し生きていてくれたらと考えると切なくなってくる。

最後に、杉浦がソ連（ソバ好き連）の本（『ソバ屋で憩う』一九九七・十）を編んだ時、あとがきに記した一文を書き写しておきたい。

「生きて在るこの自分の時間をことほぐ……」

（本書に収録した写真は、一九八五年六月十七日夜、山の上ホテルで撮影されたものである。撮影者は飯村昭彦で、赤瀬川原平『超芸術トマソン』の表紙を飾ったエントツ写真で名高い。その日は『宮武外骨・滑稽新聞　別冊繪葉書世界』に収録する座談会が催されていた。出席者は杉浦を始め、赤瀬川原平、南伸坊、私は司会だった。ここに集まった全員が一九八六年六月に結成された路上観察学会の創立メンバーとなった。）

本書は文庫オリジナルです。

江戸へようこそ　杉浦日向子

江戸人と遊ぼう！　北斎も、源内もみ～んな江戸のワタシラだ。江戸人に共鳴する現代の浮世絵師が、イキイキ語る江戸の楽しみ方。（泉麻人）

大江戸観光　杉浦日向子

はとバスにでも乗った気分で江戸旅行に出かけてみましょう。歌舞伎、浮世絵、狐狸妖怪、かげま……。名ガイドがご案内します。（井上章一）

うつくしく、やさしく、おろかなり　杉浦日向子

生きることを楽しもうとしていた江戸人たち。彼らの紡ぎ出した文化にとことん惚れ込んだ著者がその思いの丈を綴った最後のラブレター。（松田哲夫）

合葬　杉浦日向子

江戸の終りを告げた上野戦争。時代の波に翻弄された彰義隊の若き隊員たちの生と死を描く歴史ロマン。第13回日本漫画家協会賞優秀賞受賞。（小沢信男）

ゑひもせす　杉浦日向子

著者がこよなく愛した江戸庶民たちの日常ドラマ。町娘の純情を描いた「袖もぎ様」、デビュー作「通言室乃梅」他8篇の初期作品集。（夏目房之介）

ニッポニア・ニッポン　杉浦日向子

はるか昔に思える明治も江戸も、今の日本と地つづきなのです。江戸・明治を描き続けた杉浦日向子が案内する〝ニッポン開化事情〟。（中島梓／林丈二）

東のエデン　杉浦日向子

西洋文化が入ってきた文明開化のニッポン。その時代の空気と生きた人々の息づかいを身近に感じさせる、味わい深い作品集。（赤瀬川原平）

とんでもねえ野郎　杉浦日向子

江戸蒟蒻島の道場主、桃園彦次郎は日々これやりたい放題。借金ふみ倒し、無銭飲食、朝帰り……起承転々、貧乏御家人放蕩控。久住昌之氏との対談付き。

百日紅（上）　杉浦日向子

文化爛熟する文化文政期の江戸の街の暮らし・風俗・浮世絵の世界を多彩な手法で描き出す代表作の決定版。初の文庫化。（夢枕獏）

百日紅（下）　杉浦日向子

北斎、娘のお栄、英泉、国直……奔放な絵師たちが闊歩する文化文政の江戸。淡々とした明るさと幻想が織りなす傑作。

二つ枕　杉浦日向子

夜ごとくり返される客と花魁の駆け引き。江戸は吉原の世界をその背景を含めて精密に描いた表題作の他に短篇五篇を併録。（北方謙三）

YASUJI東京　杉浦日向子

明治の東京と昭和の東京を自在に往還し、夭折の画家井上安治が見た東京の風景を描く静謐な世界。他に単行本未収録四篇を併録。（南伸坊）

温泉まんが　山田英生編

収録マンガ家：つげ義春、つげ忠男、畑中純、ますむらひろし、池辺葵、刀根夕子、松森正、楳図かずお、上村一夫、楠勝平、杉浦日向子、白土三平。

春画のからくり　田中優子

春画では、女性の裸だけが描かれることはなく、男女の絡みが描かれる。男女が共に楽しんだであろう性表現に凝らされた趣向とは。図版多数。

江戸百夢　田中優子

世界の都市を含みこむ「るつぼ」江戸の百の図像（手拭いから彫刻まで）を縦横無尽に読み解く。平成12年度芸術選奨文部科学大臣賞、サントリー学芸賞受賞。

張形と江戸女　田中優子

江戸時代、張形は女たち自身が選び、楽しむものだった。江戸の大らかな性を春画から読み解く。図版追加。カラー口絵4頁。（白倉敬彦）

美少年学入門 増補新版　中島梓

少年――それはひとつの思想である。マンガ、小説、映画、現実……世のすべての事象を手がかりに、あるべき美少年の姿を徹底的に論じつくす。

路上観察学入門　赤瀬川原平／藤森照信／南伸坊編

マンホール、煙突、看板、貼り紙……路上から観察できる森羅万象を対象に、街の隠された表情を読みとる方法を伝授する。（とり・みき）

あんな作家 こんな作家 どんな作家　阿川佐和子

聞き上手の著者が松本清張、吉行淳之介、田辺聖子、藤沢周平ら57人に取材した。その鮮やかな手口に思わず作家は胸の内を吐露。（清水義範）

男は語る　阿川佐和子

ある時は心臓を高鳴らせ、ある時はうろたえながら、12人の魅力あふれる作家の核心にアガワが迫る。「聞く力」の原点となる、初めてのインタビュー集。

杏のふむふむ　杏

連続テレビ小説「ごちそうさん」で国民的な女優となった杏が、それまでの人生を、人との出会いをテーマに描いたエッセイ集。（村上春樹）

色川武大・阿佐田哲也ベスト・エッセイ　色川武大／阿佐田哲也　大庭萱朗 編

二つの名前を持つ作家のベスト。文学論、落語からタモリまでの芸能論、ジャズ、作家たちとの交流も。阿佐田哲也名の博打論も収録。（木村紅美）

井上ひさしベスト・エッセイ　井上ひさし　井上ユリ 編

むずかしいことをやさしく……幅広い著作活動を続け、多岐にわたるエッセイを残した「言葉の魔術師」井上ひさしの作品を精選して贈る。（佐藤優）

ひと・ヒト・人　井上ひさし　井上ユリ 編

道元・漱石・賢治・菊池寛・司馬遼太郎・松本清張・渥美清・母……敬し、愛した人々とその作品を描きつくしたベスト・エッセイ集。（野田秀樹）

一本の茎の上に　茨木のり子

「人間の顔は一本の茎の上に咲き出た一瞬の花である」表題作をはじめ、敬愛する山之口貘等について綴った香気漂うエッセイ集。（金裕鴻）

遺言　石牟礼道子　志村ふくみ

未曾有の大災害の後、言葉を交わしあうことを強く望んだ作家と染織家。新しいよみがえりを祈って紡いだ次世代へのメッセージ。（志村洋子／志村昌司）

土曜日は灰色の馬　恩田陸

顔は知らない、見たこともない。けれど、おはなしの神様はたしかにいる——。あらゆるエンタメを味わい尽くす、傑作エッセイを待望の文庫化！

わたしは驢馬に乗って下着をうりにゆきたい　鴨居羊子

新聞記者から下着デザイナーへ。斬新で夢のある下着を世に送り出し、下着ブームを巻き起こした女性起業家の悲喜こもごも。（近代ナリコ）

開高健ベスト・エッセイ　開高健　小玉武 編

文学から食、ヴェトナム戦争まで——おそるべき博覧強記と行動力。「生きて、書いて、ぶつかった」開高健の広大な世界を凝縮したエッセイを精選。

ねにもつタイプ　岸本佐知子

何となく気になることにこだわる、ねにもつ。思索、奇想、妄想はばたく脳内ワールドをリズミカルな名短文でつづる。第23回講談社エッセイ賞受賞。

遊覧日記　武田百合子　武田花・写真

行きたい所へ行きたい時に、つれづれに出かけてゆく。一人で。または二人で。あちらこちらを遊覧しながら綴ったエッセイ集。（巖谷國士）

恋する伊勢物語　俵万智

恋愛のパターンは今も昔も変わらない。恋がいっぱいの歌物語の世界に案内する、ロマンチックでユーモラスな古典エッセイ。（武藤康史）

神保町「ガロ編集室」界隈　高野慎三

1960年代末、白土三平、つげ義春、佐々木マキ、林静一らが活躍した雑誌「ガロ」。活気ある現場や人々の姿を描く貴重な記録。巻末対談・つげ正助

殿山泰司ベスト・エッセイ　殿山泰司　大庭萱朗編

独自の文体と反骨精神で読者を魅了する性格俳優、故・殿山泰司の自伝エッセイ、撮影日記、ジャズ、政治評。未収録エッセイも多数！（戌井昭人）

小津ごのみ　中野翠

小津監督は自分の趣味・好みを映画に最大限取り入れた。インテリア、雑貨、俳優の顔かたち、仕草や口調、会話まで。斬新な小津論。（与那原恵）

この世は落語　中野翠

ヒトの愚かさのいろいろを呑気に受けとめ笑ってしまう。そんな落語の魅力を30年来のファンである著者が、イラスト入りで語り尽くす最良の入門書。

水辺にて　梨木香歩

川のにおい、風のそよぎ、木々や生き物の息づかい。カヤックで水辺に漕ぎ出すと見えてくる世界を、物語の予感いっぱいに語るエッセイ。（酒井秀夫）

この話、続けてもいいですか。　西加奈子

ミッキーこと西加奈子の目を通すと世界はワクワク、ドキドキ輝く。いろんな人、出来事、体験がてんこ盛りの豪華エッセイ集！（中島たい子）

買えない味　平松洋子

一晩寝かしたお芋の煮っころがし、土瓶で淹れた番茶、風にあてた干し豚の滋味……日常の中にこそある、おいしさを綴ったエッセイ集。（中島京子）

すっぴんは事件か？　姫野カオルコ

女性用エロ本におけるオカズ職業は？ 本当の小悪魔とはどんなオンナか？ 世間にはびこる甘ったれた「常識」をほじくり鉄槌を下すエッセイ集。

花の命はノー・フューチャー　ブレイディみかこ

移民、パンク、LGBT、貧困層。地べたから見た英国社会をスカッとした笑いとともに描く。200頁分の大幅増補！　推薦文＝佐藤亜紀　（栗原康）

オレって老人？　南伸坊

「自分が死ぬことは考えないことにしている」。戸惑いつつも「老い」を受け入れ、「笑い」に変えつつ深く考える、シンボー流「老い」の哲学エッセイ。

向田邦子ベスト・エッセイ　向田邦子　向田和子編

いまも人々に読み継がれている向田邦子。その随筆の中から、家族、食、生き物、こだわりの品、旅、仕事、私……、といったテーマで選ぶ。（角田光代）

森毅ベスト・エッセイ　森毅　池内紀編

まちがったって、完璧じゃなくたって、人生は楽しい。稀代の数学者が放った教育・社会・歴史他様々なジャンルに亘るエッセイを厳選収録！

記憶の絵　森茉莉

父鷗外と母の想い出、パリでの生活、日常のことなど、趣味嗜好をないまぜて語る、輝くばかりの感性と滋味あふれるエッセイ集。（中野翠）

ベスト・オブ・ドッキリチャンネル　森茉莉　中野翠編

週刊新潮に連載（79〜85年）し好評を博したテレビ評。一種独特の好悪感を持つ著者ならではのユーモアと毒舌をじっくりご堪能あれ。（中野翠）

東京ひがし案内　森まゆみ・文　内澤旬子・イラスト

庭園、建築、旨い食べ物といっても東京の東地区は年季が入っている。日暮里、三河島、三ノ輪など38箇所を緻密なイラストと地図でご案内。

妹たちへ　矢川澄子ベスト・エッセイ　矢川澄子　早川茉莉編

澁澤龍彥の最初の夫人であり、孤高の感性と自由な知性の持ち主であった矢川澄子。その作品に様々な角度から光をあて織り上げる珠玉のアンソロジー。

木挽町月光夜咄（こびきちょうげっこうよばなし）　吉田篤弘

木挽町という町があって、そこに曾祖父が営む鮨屋があった。幻の店を探すうち、過去と現在がひとつになってゆく。物語のようなエッセイ。（坪内祐三）

パンツの面目ふんどしの沽券　米原万里

キリストの下着はパンツか腰巻か？　幼い日にめばえた疑問を手がかりに、人類史上の謎に挑んだ、抱腹絶倒&禁断のエッセイ。（井上章一）

ちくま文庫

杉浦日向子ベスト・エッセイ

二〇二一年九月十日　第一刷発行
二〇二二年三月三十日　第五刷発行

著　者　杉浦日向子（すぎうら・ひなこ）
編　者　松田哲夫（まつだ・てつお）
発行者　喜入冬子
発行所　株式会社　筑摩書房
東京都台東区蔵前二―五―三　〒一一一―八七五五
電話番号　〇三―五六八七―二六〇一（代表）
装幀者　安野光雅
印刷所　中央精版印刷株式会社
製本所　中央精版印刷株式会社

ISBN978-4-480-43762-4　C0195